U0098978

小三幽遇症

張啓疆 著

藍色冰河紀

我想到藍：從無限接近白的藍到逐漸航向黑的藍。粉藍淺藍灰藍到正藍深藍的漸層藍。非關「泛藍」。由青天藍偷渡到碧海藍的那種水天一色的濛藍。藍色惑星的藍。

深不見底的憂鬱藍。劫毀肉身的暗藍。婚戒留痕的瘀藍。手腕菸疤的紺藍。上窮碧落下黃泉的茫藍。

遄飛如果肉漿爆的創意藍。

濾過病毒的塞煙藍。

我們在外雙溪無心邂逅的南方月亮藍。

我引以為傲的麵包藍（達達主義的「某種」男性象徵）。聖母與公牛共渡一色的藍。「聖靈懷胎」的藍袍意象。陰陽同體的藍。冰河的透明藍。

或許，我們想像自己瑟縮在格陵蘭大冰河，仰望一萬二千五百尺高的絕峰「藍衫」，耳畔莫名響起莫札特的藍色冷笑——可是啊，白晝太短，天才的音符敵不過都卜勒效應，我們無言目擊短促光波的藍色移動。

我們無怨無悔打造「空藍」的國度：靛色的花，紫色的雪，龍鬚藍爬染天空，月光浸透藍色的琉璃屋頂；毛紋蝶舞動著彩虹藍，停棲在包覆著「藍嬰」（冰河時期歐亞人草原上的一種野牛，我寧願解釋成「新世紀的創作之犢」）的藍絲絨軟尖上。

雙子藍：嬰初時分，用仰望晨曦的心情俯睇孩子的囟門，奔氾的淡青血管，纏祟的深紫紋路，在我的靈魂密室裡撩起雪藍風暴。

我們在雙子星（我的月亮星座）緣溪而行的牛仔藍。

青出於藍。

外表藍冷的星球或許內熱（反過來說，紅色星系的「熱情」比較接近餘燼）。就像我出門寫作，總是拎著水藍色調的JOICO購物袋（其實像是挾帶我的小女人：一位身著銀藍連身裝，藍眼睛閃著天光的性感名模）：似有所待，卻無所為，屬於我的「藍色沈默」。

趨向無垠，渴望純淨，超越感官？

葛拉斯曾將二十世紀稱為「我的世紀」。關於雄性、父權、理性交媾瘋狂的鍋紅巨尾。如今，寶瓶降世（「妳」的世紀），藍日能量自極地升起，即使在冰層中，依然保有瑩藍本色。

藍本非色？

我想到：我給妳的天空，妳給我的自由。

小三幽遇症

目錄

序　藍色冰河紀　006

I「她」的觀點

幽遇　014
GPS　016
腫瘤　018
婚禮　023
破洞　026
三度蜜月　029
祭　038
眉批　042
晶片　046

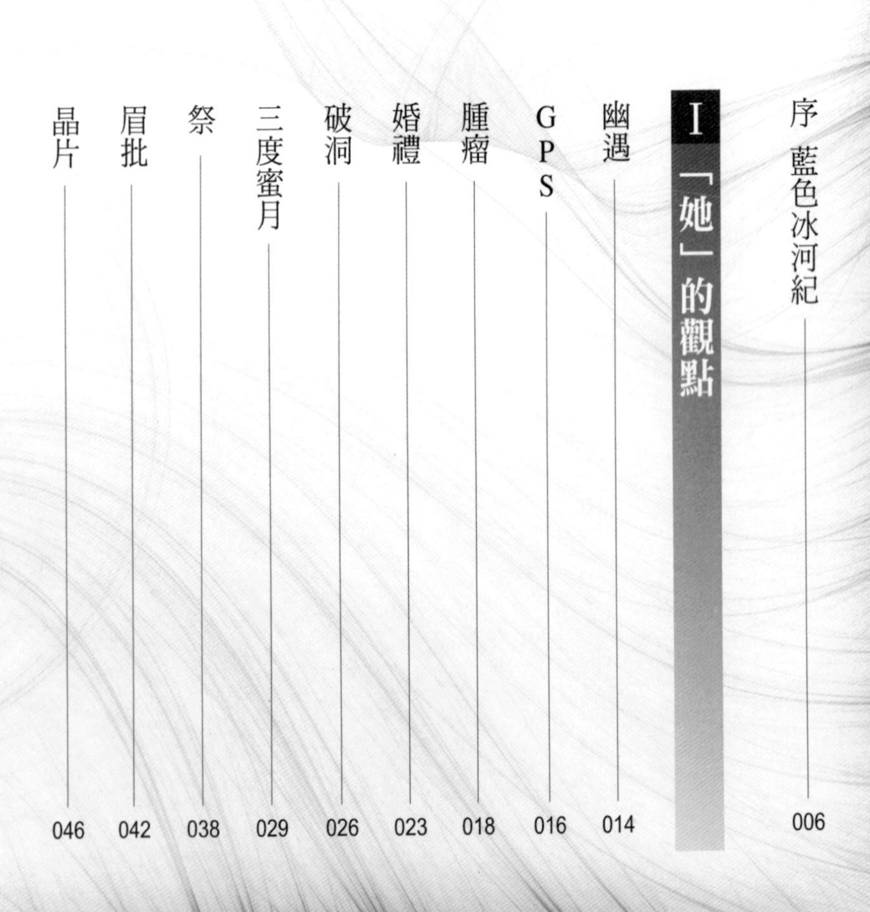

C·O·N·T·E·N·T·S

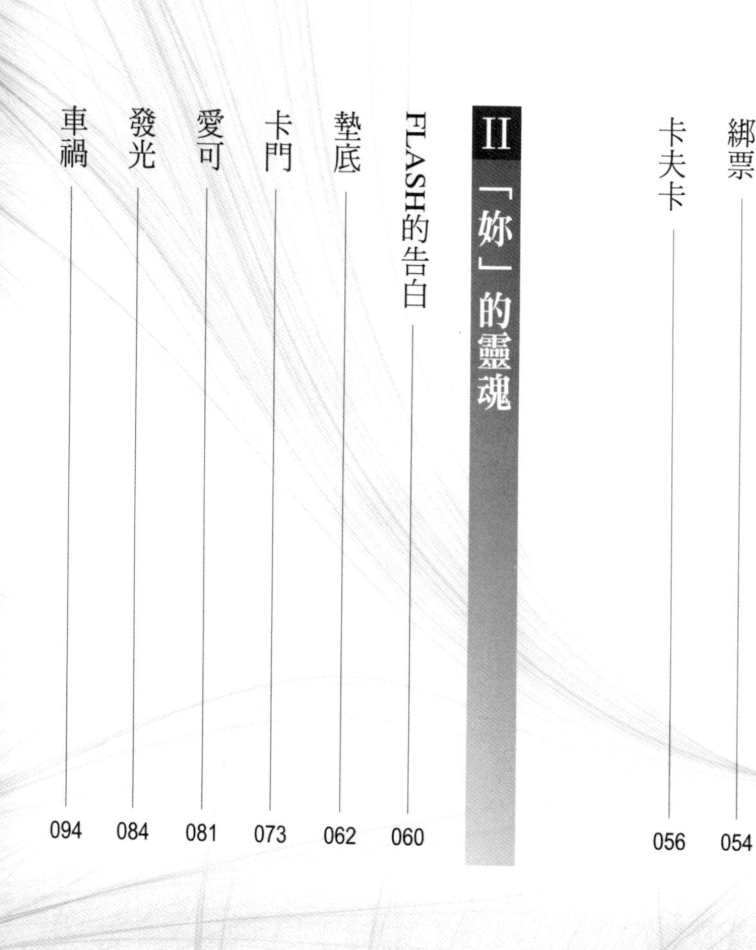

情人 048

綁票 054

卡夫卡 056

II 「妳」的靈魂

FLASH的告白 060

墊底 062

卡門 073

愛可 081

發光 084

車禍 094

目錄

赤尾鮐 106
洛麗塔 112
黑木瞳 117
雜交柳 122
睡美男 128
偉哥哥 130
三高男 135
床笫男 139
回頭是海 143
機不可失 145
老大姊注視你 148

I

「她」的觀點

幽遇

晶芒迸散，像風信子翩飛飄落，不，是照亮夜空的一瞬花火。

接受肝臟的老先生笑開了臉，得到眼角膜的學生重見光明……單身的她完成「破碎人生」的奇蹟：四肢五官遺愛他人，五臟六腑喜獲歸宿，每一寸皮、每一滴血、股肱肌腱也都續留人間，詮演悲歡離合。「三十歲的她救了六十餘條人命，她的一歲大於別人的兩樣人生。恐怕創了世界紀錄。」醫院的驚心聲明，家屬的泣血驕傲。只是，這撼人的事蹟源自淚跡斑斑的日記：你們鼓勵我活下去，然後呢？我的生命破碎不全，再走不下去，只想讓別人繼續活……

然後呢？三魂七魄呢？飄盪在幽寂夜空？

她的已婚男友是唯一求之不得的失魂人，關於她的身體，他對她先前的承諾：「我會早妳一步離開，遺產是我全部的愛。」揪著憾恨，他訪遍每一位繼承人，歡欣鼓舞的、喜極而泣的、感激涕零的……只想找出一絲一縷關於靈魂的證據或遺址。不對！他的離婚已救不回她的離恨。不對！上窮碧落，纖毫茫茫，他只在那些人臉上找到「快樂」。

「求求你們，把那一部份給我。那是和她相遇的唯一方式。」

形銷骨毀後，星光闇滅時，他的要求令群醫束手：移植她的憂鬱症。

GPS

「前方右轉！」「下一條岔道左轉！」「三號桌迴轉！」前進。後退。流連。逡巡。鎖定目標……

一點鐘方向有波霸一名——有人搶先一步；左後方是漂亮美眉區——「請下交流道，目標錯誤。」大廳門口，眾多紳士團團圍住一尊艷麗女神——「危險路段，速離。」

情人GPS（擇偶導航系統）果然好用。「衛星即為心，為你找到知心。」就在我被網蟲（男女老少矜寡孤獨都有）榨乾了積蓄，窮困絕望（我發誓一定要談一次面對面、真正的戀愛）時，標榜「大海撈『真』」的立影廣告深深打動了我：不惜抵押餘生貸款買下這具劃時代的發明。

輸入基本資料、憂歡愛欲、恐懼期待乃至情人形象，速配目標一旦出現，自有一見鍾情的火花。左窺。右瞄。斜瞟。暗覷。眾芳回我以睥睨，只有掃地阿婆對我露出一望無牙的微笑。但我仍是蠢蠢暗喜：誰能想像，「虛擬世代」（我是在第一次政黨輪替時出生的）竟然蒞臨復古的聯誼會場，而且不必繳報名費。

「注意！後方有目標出現。」伏流化為滔天巨浪。背脊發麻，兩耳熱燙，舉步維艱，心跳如暴雨……這就是觸電的感覺？「後退再後退，目標接近中。」驀然回首，一陣天旋地轉，一座神秘花園，一具雞皮鶴髮滿臉滄桑的身影（兩手抱著捧花般的微型吸塵器），一種倚閭企盼直到天長地久的睖視……

公元二〇七〇年，我的生日，遲到的禮物：愛情，原來可以超越階級、身分、年齡、性別，以及，一切界限。

我愕立在一面古樸雕花的落地鏡前。

腫瘤

下意識輕撫喉頭，無感而痛，彷彿有根尖刺扎進肉裡骨裡血管脈衝深處。腦海浮現遙遠從前的床邊故事，父親離鄉的景象：深藍包袱繫在肩頭，灰樸背影在冷風中簌簌抖動；舉步踟躕，頻頻回眸……

閉上眼，耳畔卻迴盪著輕柔低沉的嗓音，父親的哼歌聲：「心上的人兒，你不要悲傷……」幼年的自己耍賴趴睡在巨人肩背，一手穿越髭鬚森林，探向微顫的喉結。那麻癢的輕刺感，自指尖竄回，在不識字詞不辨五感的小小體腔裡共振。

「媽媽的話，寶寶聽見了嗎？」湧向喉嚨的熱流停在半途，迴旋，緩緩降落。「如果你堅持捎來春訊，媽媽願意接受任何型態的你。」模糊視線的盡頭，清冷走廊另一端，懸著觸目驚心的紅字：腫瘤科。

「妳的腫塊，應是甲狀腺囊腫，也叫做多發性結節。」醫生的手指按壓鯁凸的喉間：「百分之九十的機率是良性……」

結節？孑孓？右殘是孑，左缺為孓，左衝右突半人子？廢而難棄的生命？猛搖頭，不知如何脫離忐忑，只想抓住醫學浮木。

「可是，為什麼會長出這種東西？」

「目前仍找不到確切原因，只能說是某種『失調』。它會造成一些生活不適：吞嚥困難、頭痛、手腳痠麻等。」醫生耐心解說：「我幫妳掛新陳代謝科化驗，只要持續追蹤，應不會有大問題。」

「要……動手術嗎？」去年秋天的揪心畫面：汨汨紅流沖不掉蜷縮纏黏的肉胚，彷彿，緊握不放的拳頭，在冰岩鐫刻血書。那時起，她頑強以為，孩子還在身體裡面，以另一種形式。

「開刀不一定有效，因為可能會復發。我們先抽取組織液。等一下深呼吸，不會很痛，像抽血一樣。」

「不痛！兵荒馬亂，誰有閒情逸致心痛？」年節憶舊，老爸爸俐落講古：「只是覺得很重。一個包袱，全部家當，緊緊繫在胸口，打上死結，壓得我喘不過氣來。」

「那我小時候一直纏著爸爸，要抱要揹……」

「咦？說也奇怪！我怎麼不覺得你重？」老爸爸沒有騙人：眉眼唇線齊揚，滿臉糾纏的渦紋，化為層層盪散的春意。「而且啊！妳的小手老愛在我的咽喉胸腔舞動，好像是在解開什麼。」

抽液，超音波，細胞抹片……心悸，失眠，呼吸不順……望聞問切的溫暖，驅不散節瘤眼目的夢魘──寤寐之間，她驚見自己蛻成一株樹繭。病友們在部落格、候診室交換心得：甲狀腺功能的意義、各種偏方和可能的手術併發症──喉返神經麻痺、低血鈣症及術後血腫等等。「可憐唷！那位老阿嬤差點不能呼吸，進一步檢查才發現，囊塊已經掉到上胸腔……」嘰咕細語，在她耳蝸內轟然引爆：才下喉頭，卻上心頭？若是，再往下掉呢？

紅水漫漶，奔流，滴落，像失墜的花瓣、失措的初潮，像……「腫脹硬僵化為血崩的初乳。」驀然一驚的喃喃自語。灌溉生命的大河，在名為手術檯的渠道蒸散、消殞。

床的另一側，伸來微溫、輕顫的丈夫的手：「作噩夢？不要亂想，要多休息。」緊握鬚莖，纏繞枝葉，貼覆咽喉上的小丘：「摸摸看！摸到了嗎？」「摸到什麼？」「心跳聲。」「傻瓜！那裡怎麼會有心跳？」

「哎唷！一顆心差點從喉嚨裡蹦出來，和你娘洞房都沒那麼刺激。」今年春節，仍處於恍神狀態的她抓著老爸爸便問：第一眼瞧見我這個女兒，是什麼感覺？

「為什麼？」一口湖南臘肉，滿腔金門高粱，老父親頸上芒花，熠熠閃耀：「爸爸中年才生下妳，妳的出現，治好爸爸的彎腰駝背……」

「唉！低學歷、低收入、低迷的景氣，我們只有兩件事高人一等：高齡和債臺高築，這輩子注定抬不起頭來。」去年秋天，不惑之年的丈夫做出痛苦的決定：「算了吧！我們能給孩子什麼？」

「孩子，你要什麼？捨不得這個從未來到的世界？」瑣瑣屑屑的親子交談，在候診室、心悸房、失眠期間和圍爐圓桌，幽幽進行：「想從未來到那裡？」「我不知道去那裡。那年我才十二歲，沒聽說過台灣。」老爸爸的接話，卻是變調亂彈裡的悠揚插播：「輾轉數十年，單親爸養大獨生女。瞧！咱兩人就圍成了圓，妳婚後，我又多了半子，多麼棒的人生，還想什麼？」

「我想，請爸幫我想個名字。」囁嚅、堅定的請求。

「王XX小姐。」門戶洞開，一位白衣女子唱詩般唱她的名。

猛回神，瞥見電子儀表板上的閃耀數碼。不是遠端腫瘤科，而是眼前婦產科的紅字。頷首，起身，輕撫小腹，無痛而感——有種聲音，正在裡面尋幽探勝。

「怎麼樣？感覺還好吧？會不會想吐？頭痛？」女醫師的笑靨像參加喜宴的賀客：「去年我就勸妳三思，高齡懷孕不容易哪！沒想到還有第二次機會。妳口中的『春訊』。來！躺上床，幫妳照超音波，妳和小寶貝的第一次約會……」

「掃瞄不出，觸診不到，奇了，妳的囊腫竟憑空消失。」春節過後，腫瘤科醫生縮回指頭，表情像觸電：「我不知道妳吃了什麼秘方，也許妳的身體有種神奇機制。我真的很想弄清楚，那個東西，跑到哪裡去了？」

「哪裡也不去。」湧向激昂的哀傷停在半途，是決定，也是信念：「種留。」

婚禮

宴廳門口，粉燦晶亮的新郎新娘微笑而立。不披婚紗，沒有禮服，一對璧人分著兔毛背心搭雪紡飾邊裙、麂皮薄外套配灰白刷紋牛仔褲，兩人對比的裝扮，又和綾羅綢緞的大紅場景反襯出異質拼接的風情。

魚貫而入，不，是倒退進入會場的親朋好友一個挨一個，搶握新娘的手，或撫去她粉頰上的殘紅珍珠：「恭喜妳。」也拍拍新郎微顫的肩：「祝福你。」噢！別誤會，不是曲終人散的送客畫面，喜鬧隆重的婚禮還未開場呢。

嘉賓滿座。不是教堂儀式，也非擺桌請酒，新郎新娘穿梭寒暄，沿座致謝，以無形式的「敬久」回報洋洋溢溢的祝福美意。

喜氣洋洋。靜寂無聲的婚禮進行曲是逆溯和回顧的協奏。朱紅喜幛上的巨幅囍字，半面透藍，半邊浮紫，宛如望向兩方的雙色瞳眸，又似彼此映照的鏡中反影，辨不清是二合一？一分二？

「也好，就看作好事成雙囉。」岳父大人悄聲對前排親家母說：「您說這是雙喜臨門？還是喜降兩門？」

主婚人就位。也許是位牧師，可以是出家師父，也可能是德高望重的家族長輩，他（或她）的神情複雜，目光如煙雨暈散，清了清喉嚨，慎重的語氣羼雜著猶疑：「你們想清楚了，確定要成為眾人見證下的新人？」

「確定。」「確……定……」貼背而立的男女同步奏出不同調的和絃。

「好吧，天作之合總也不比成人之美。非是奉天承運，也不奉主之名，新郎新娘，你們堅定不渝的意志，同時賦予對方新生。」主婚人看著新郎，新郎閉目：「透過你，她變成全新的姑娘。」也望向新娘，新娘垂首：「經由妳，我們也期待他的煥然一新……」

低頭不語的男女宛如雕像配偶，他們是在聆聽賀詞？還是遙遠對岸的潮聲？

「年過半百了吧？不容易喲！」有人小聲說。

「最近這種『婚禮』特多。上回我參加一對老人家極特殊的『雙婚禮』：金婚和典禮同時舉行，雖引人側目，卻也得到更多的祝福，連媒體都爭相報導。」另一人接口：「可是呢，進行到最後的親吻新娘時……」

忽現忽隱的吸氣聲迴盪在大廳。

「新郎，你願意用剩餘的愛心關懷她，祝福她，離而不棄嗎？」

「願意。」

「新娘，你願意用不變的深情傾聽他，疼憐他，凝視他的無措和自己的無依，過著孤而不獨的生活嗎？」

「願意。我願意。時時刻刻分分秒秒都願意……」漸漸淡出微不可聞的低喃：我的整個生命全部歲月所有心願一切夢想……

「離婚典禮大功告成。」主婚人轉過身，背對禮堂，不穩定的手伸進衣袋裡摸搜：「新郎，你可以吻別新娘，拔掉她手上的戒指了。」

破洞

紅背心的破洞愈來愈大。

從小指寬的裂口（不是裂縫，是蕊瓣狀的孔洞）開始，漣漪般層層擴張、放大，也像是不斷開裂的傷。

她的心卻如漩渦那樣環環絞緊。

什麼時候弄破的呢？不像是絲襪勾紗的那種破綻，也不曾劇烈撕扯（只記得接到他的最後一通電話那晚，胸口起伏如七級地震，朵朵紅花彷彿在那一瞬間迸裂。）她前後裡外翻摸檢查，像偵探抽絲剝繭尋找線索，指尖順著圓周流轉，探入洞中繞勾；或覆鼻嗅聞那缺口幾近缺氧的氣息，耳孔貼著圓洞，傾聽潮信般接收縷縷絲絲似微塵飄降的無端失落，等到花苞小洞綻放成大窟窿，她凝視粉紅情人裝上哭泣的碎瓣，迷惑裡羼藏著莫名悸痛。

粉紅和深紫，一款兩式的碎花背心，男友送給她也買給自己的情人節禮物。

「不要拉扯它嘛，愈拉裂得愈開，瞧，妳的頭都可以埋進去了。」媽媽輕撫她微顫的雙肩，靜電窸窣，在母女肉血間形成奇異的磁振。

她小心翼翼將紅背心攤開、撫平，像出土文物那樣展放在床上。相對無言。

「你看什麼？」隔著情人餐的燭光，他的眼瞳忽忽閃爍。她找不到他的眸心。

「我怕妳會消失不見，所以要用視線和紡紗綁住妳。」他手掌一翻。變出繁花錦簇：「來，妳一衣我一衣，背心背負著我對你的心意……」

是背著意？還是負了心呢？不告而別的是他。沒有原因，未道分手，手機換號，查無此人。最後那通電話（啊！想起來了，就是發現破洞的同一天）盡是支支吾吾問暖噓寒，終究是欲言又止。

「情人眼裡容不下一粒沙，可是情人的眼睛經常破洞脫窗。」一年前高中死黨離婚，在她面前緩緩拔下箍在指根的婚戒：「好奇怪唷，套在手指上象徵圓滿，離開指頭就變成空洞，我們應該看外圍的圓？還是裡面的空？」

她想到大學課堂上教授詭著一張笑臉的哲學問題：「裝滿物品不勝負荷的籃子，再加上什麼東西，可以減輕重量？」多年後她反握肩膀上溫熱的手，顫聲輕問：「我覺得自己好沒出息好沒用，把我養大是不是很不容易？」媽媽的食指在她的手心手背勾描弧線：「孩子，當愛情過熟過膩，不勝負荷，就會轉為苦澀。當未婚媽媽不輕鬆但也很輕盈──在生下妳的瞬間，雖失去一個男人，卻擁有了甜蜜寶貝。」她點頭，又激動地搖頭，像是要甩脫某種揮不去的魔影；從有記憶以來，她的生命中從來沒有關於「父親」的回憶，家裡也不見任何男人的蹤跡、氣味或圖象。

媽媽幫她摺好背心：「別看了，愈看愈破；不過，多瞧幾眼也無妨，趁著遺忘來臨前，就看到破吧。」帶上房門前，又回眸一笑：「話說回來，沒有洞，衣服怎麼穿呢？」

洞穿？是啊！在滿溢之上加個洞，就會出現漏；在沉重的表面劃道微笑裂縫，世界將轉趨輕盈？掉進無底深淵，反而可以好整以暇等待出口？一夜輾轉，星星點點，滴滴漏漏，她瞠著眼聆聽內心空谷的迴響，惚惚夢見胸口破缺處綻放出血色豔豔的奇花。

她將初戀的春衫收進冬衣櫃裡，密密疊疊的毛料厚呢間。很久很久以後忽然想起（卻怎麼也憶不起那男人的面容）再去翻尋時，那件紅背心竟消失無痕，不見蹤影。

三度蜜月

回望停機坪上蟄眠的長榮七四七，突然萌生一腔子流竄不止的驚悸感——她不能確定，自己和那架龐大載體以及更遠處藍白相間，僅僅只是一面玻璃之隔。

「怎麼了，又在胡思異想？妳的小眼睛唷……」溫柔得近乎客套的聲音，像墜落湛藍湖心的石子，暈糊、盪散了她的視野。

碧海如鏡。藍天似窗。她的眼焦定在後視鏡裡那一小方流線白的藍，靜默的，頑強的，深情不悔的。

白色轎車，不，是黑頭車快速駛進彎曲如拋物線的友誼大橋，眼下便是汪洋一片。初到澳門，滿眼的新奇景象竟是被似曾相識的感覺取代：機場大廳、通關閘口、接駁巴士、高速路面……以及，負責接送的賓士大房車，都帶給她重溫舊夢的熟稔感。那是夢中經驗？還是前世記憶呢？

「多麼壯觀的海景，聽說珠海將會蓋座大橋直通香港，我就是喜歡直達的感覺。妳還記得上一回……說什麼繞經、踅回的……」上一回怎麼了？身旁的男人發出一萬公里以外的玄音：「真是不虛此行。」

此行不虛？過了橋，身後的世界就要變成虛線輪廓了。不能回頭，凝視前方，她彷彿看見路邊一整排白色的建築、一隻搖尾的灰色流浪狗、一群嬉鬧的年輕男女和發出聒碎聲響的滑輪選手……車身急轉，進入另一條街，映入眼簾的卻是紅磚色的復古造型大廈、一隻蹲坐安全島高傲如貴婦的黑貓和三三兩兩背著行囊踽踽獨行的旅者。不對，一定是有人弄錯了什麼，這個世界一直在變形走樣……

「又『看見』了什麼？你們女人哪，迷信什麼第六感、超能力，而看不清真正的世界。多少年了，妳就這麼悶悶不樂，妳不是期待這次旅遊能『找回』些什麼？我可是百忙之中……看見那個女人沒？一定是出來撈的……」多少年了，她聽著他的聲音，卻找不到他的眼睛。從登機開始，他像登基的帝王般，顧盼自雄、四下流轉，封疆之域從美麗空服員、長腿美眉、金髮辣妹到豪乳女子。

世界形成識界？還是視界創造了世界？她知道他的溫柔，或者說，他努力表現得符合社會期待的溫柔——一位成功男士對待賢內助的樣子，遠勝過大多數的莽漢或懦夫。她一直以為，他心目中男人對女人的方式，只有一種態度、一個模子，直到無意間從分機聽到他和其他女人的親密交談——她不曾聽聞過的他的膩膩語調；直到一再撞見他和其他女子的出雙入對——她從未目睹的他的燦燦尊容。「不錯了，他對妳還算不錯，老夫老妻了，還肯帶妳去三度蜜月。」兩度離婚的朋友的勸誡：「成功男人就是這個樣子，下一個男人不一定會更好唷！」

下一次會更好嗎？低頭凝睇久未上色的鈣化指甲、枯葉般的黑色裙角，一抹糊白，一陣暈眩，猛抬頭，錯落的光影又在道路的盡頭織構蜃影般的巨大關閘；密如潮水的入境人群湧向中國古風的巍峨建築，樓頂懸掛著四枚氣勢萬鈞的大字。那是生命異域的入口？還是幻世浮海的隄岸？

「拱北口岸？妳沒去過怎麼知道？呵呵，那可是台商大爺尋歡作樂的祕密出口。」兩岸往返的他將大手放在她合捧的指掌間，像撫慰寵物般輕拍兩下。「不過已經不稀奇了，十年前的樂子比較多。」十年前的快樂真的比現在多嗎？她不確定，只記得十年前他的毛手不會停留在任何關口，而是沿著她的大腿內側一路探進……

探進。覷望迷離光影，航向不曾到達的生命彼岸。

車身頓止，停在一長串連綿車陣的尾端。不由自主地輕晃，她想到蝸牛爬行鐵軌的意象。「通關了，我們要過的是車關，不是拱北關。當然，也不是情愛關、生死關。」這一回，他的多毛寬厚的大掌直接摸她的頭。

「下一次，我們會去哪裡？會在什麼地方？」晚來天欲雪的感動，渲開了早春無雨的心情。

「四度蜜月？我看是四度空間的蜜月吧。」他笑得像聆聽童言童語的父親：「妳那麼會想，哪裡去不成呢？」

「又在想什麼？親愛的老婆，妳又神遊到哪裡去了？」近在耳畔的呼喚，像是從冰河紀的對岸傳來。不回頭不轉身，連坐姿都不變，一逕盯著車窗，想從飛閃模糊的窗景和玻璃的反射裡尋找他閃爍的目光。

浮映在灰斑景框的灰藍的海，有一種辨不清、看不透的暗潮湧動。一艘暗灰如斑點的船影，停棲在海天接壤的朦朧一線。平穩規律的火車節奏聲，像是通往某個確切未來的保證。

「再過兩站就是澳底了，終於讓妳硬拗到底，妳想回來看什麼呢？父母不是已經不在了？好不容易抽出時間陪妳二度蜜月……」男人的口吻，像是在數落一項錯誤的投資計畫。

再過十年、二十年，我們——我們的生命、愛情和回憶——會拗到哪一座航站而不斷不裂、不離不棄？「要不了多久妳就會後悔不聽爸媽的話，這個男人不可靠。」十年前離家之夜，父親又是氣不過又是心不忍的叮嚀。而她寤寐中乍見龐大機尾的綠色航誌，以為遇見愛情的青鳥。

再過一段彎弧，濱海公路上就會出現紅磚瓦厝、蹲坐牆頭的黑貓和三三兩兩碎步交談的遊客……不對不對，紅磚鑲框只是路口那幢白色帷幕大樓轉角的咖啡屋，一對——天啊！一刀將她切成兩半的字眼——親暱嬉鬧的陌生男女——女的陌生，熟悉的男人臉上湧現不曾有過的燦爛（她自己呢？扮成黑影，踟躕廊道，徘徊街口，像一隻覓主的流浪犬。）一幕定格眼前彷彿視覺恆留的畫面，疊映在窗玻璃輝映的海面所折射的她的瞳池中。

「什麼？妳看到未來的畫面？我和別的女人卿卿我我？」從那一刻，她就看不清他霧隱的眼神了。「妳們女人就是愛胡思亂想，還記得上回妳說『看見』我和公司女祕書電話談情？每次樂透開獎前，我也會認為隨機撞見的任何數字都會變成頭獎號碼。妳的那個什麼小說班的老師沒教妳們嗎？把握現在，凝視當下……」凝視當下。「當下」不過是過去和未來交互投射的共謀虛構。男人永遠不會明白，深愛他的女人悄悄挪移乾坤，遲延悲劇，在時間迷陣裡彳亍徘徊的苦心。她笑了，一朵藍花花泡沫的笑：「我只看見蔚藍的海，還有，十年後你會帶我繞經另一個海灣，趦回我們的最初……」

火車震動聲裡混雜著飛機離地時巨大的引擎聲響，車身離站瞬間的恍惚，低頭瞥視正在掉色如落英颯颯的泛灰指尖，暗藍的海混進了模糊的白和近乎自虐的騷動；保養得白皙嫩滑的兩腿之間傳來麻癢的溫熱感，男人的大手像是過站不停的直達車，為她暈船的靈魂溫杯上釉。他盯著她像是偷偷補過妝的瞳子：「妳的小心眼唷，別人的世界是海闊天空，妳的天地只是無垠海灣的一粒細沙。」

小眼？小心？妳的單薄的容不下沙粒乾坤的凝眸，映現他人之眼反射內在空無的漸層幻象。輕煙藍、碎沫白、旋轉的藍、暈散的白、藍天藍、雲絮白……一陣顛盪，水藍碎成飛白，她抓緊他的手，失重墜落的感覺害她掉進深不見底的恐懼：不是害怕自己粉身碎骨，而是世界忽然湮滅。

「告訴我，告訴我，下一秒鐘，我們會在哪裡？」一曲乍停的錯落顫音。驟雪方歇快步迴舞的光分子。

「親愛的老婆大人，下一分鐘，下一小時，下飛機後，妳會在我的懷裡；下一世紀、下一輩子、下一個冰河紀，我會一直一直守在妳的生命裡。」結實有力的臂膀環成新娘的港灣，新郎的聲音，年輕、理性、措辭穩練的業務高手的雄渾嗓音，飛散如三萬呎高空的雜亂反射。「又在胡思亂想囉？妳的細小如沙的千里眼唷，會把白的看成黑的？別人看不到的未來？」

霧灰的窗格之外，是黑夜逐漸吞噬白晝的暗藍世界。她一再搖醒鼾夢的他：「我看見我們在天涯，在海角，在車裡，在一座彩虹大橋上……」

她發誓曾看見，不，是預見「下飛機後」蜜月旅行的全部過程：接駁巴士、機場大廳、高速路面……還有，負責接送新人的黑色大房車。再來呢？一整排紅白相間別墅，灰色流浪狗追逐黑色流浪貓，幾位緩步慢行彷彿不遠處就是時間盡頭的老者……「對！我們正在天上，飛越海洋，我們的愛情軌跡就是人間的彩虹，而且永遠不會火車出軌。還有，妳知道我租了什麼車子？白色加長型凱迪拉克，好萊塢電影最常見的禮車。我們可以在澳洲大沙漠裡體驗電影《衝鋒飛車隊》的快感。」他在她的唇瓣吐著白色氣泡。

不對，沒有紅牆白瓦，不是灰狗也沒有黑貓；只有恍惚預見未來，遇見預見的未來，預見永不相遇的未來。機身震顫，她的身體也跟著驚抖，汪洋般的亂流將長榮七四七，不，是澳航包覆在藍色顛盪的白色不安中。「下一秒鐘，我們會在哪裡？什麼時候回到澳底？」她想後退，僵硬的身子抵緊椅背，安全帶像臍帶般將她纏綁在某個奇異點、某種原初，不，是像繃帶那樣遮掩無端生命中的無由傷痛。她說不出看不清想不透，只感到退無可退。

「澳底？我們會在澳洲玩到底。傻老婆，我知道妳牽掛著父母，這樣吧，以後有機會再帶他們去澳門玩，怎麼樣？走啦走啦，不要再回頭，該登機了，親愛的老婆大人，今天是我們生命中登基的日子。」厚實的指掌，握得她指節發白，反襯出蔻丹上正在滋長的一抹鮮血。

老年人只有過去，年輕人只看未來。她呢？離鄉背井、閃電結婚的她擁有什麼？從未來之眼回望過去的現在？以過去之心映現將來的想望？通關時諸愛成空的交錯一瞬？奧妛時空無底止的穿梭墜落？「妳唷，莫轉身不回頭，還記得上一次的回眸，妳說看見了……什麼？老年孤單頻頻回望年輕歲月的自己……」是啊！男人不了解，生命中的忽閃直落，是貪歡戀色的雲霄飛車。

眨眨眼，空盪航廈透明落地窗透露著海藍倒映冰白的明亮。停機坪上，一尊閃亮澳航客機，不，是長榮七四七棲伏在灰白跑道和漠藍天空模糊接縫的幸福起點。

七折八曲的通道轉角，淺灰牆面懸著一整排紅框白底的古建築油畫，地毯上悶聲滾動的旅行箱負載著聒碎不清的男女話題，徒手佇立輸送步道的旅人低頭沉吟，彷彿正在丈量空間盡頭的時間距離……一線顫慄，一道莫名的風，迎面而來黑髮黑瞳黑旗袍黑色高跟鞋的尊貴女子，一瞥即逝的倨傲眼白，像一隻憂傷的黑貓。

祭

沉甸甸的往事送進烏盆，喚醒斑斕異彩。火舌吞捲，瞬間將數字吻成飛灰……第一次，也是最後一回，她遊說自己接受向來抗拒的事：比煙氛更虛妄的裔連，深陷執迷的家族傳說。

「來！一張接著一張，對摺，輕放，不可以整疊丟進去唷！那樣燒不化……」慈祥影像在火光中扭曲，暈糊，湮淡。

「記得說：『老祖宗請拿錢。』只要真心誠意，他們會在天上保佑妳。」捏得發疼的指尖，浴火沸騰的思緒，對不準，熠熠爍爍，雪鴻泥爪。

「小心！燙手！瞧見了沒？老祖宗正在『地下錢莊』笑納妳的孝心。爸爸以後也要靠妳了。」

大手握小手，遙遙童懵伸蔓而來，比濃煙更嗆鼻淚眼，介於信與不幸、幸與不信的血鍊。

失蹤的父愛宣告寒傖的童年。年復一年的守候，總在守歲之夜把不住憂傷的最後防線：門外劈啪連珠，一室寂然，她低頭聆聽液彈墜火的絕響。

嗶嗶剝剝的呢喃。母親的閨怨，可是浪子父親的歸願？「乖！繼續燒，爸爸一定會回來；萬一想回來……回不來，還有錢可以用。」

「燒完了怎麼辦？」

「不會的，就算冬雷震震夏雨雪，有些東西永遠沒完沒了。記得，逢年過節要買紙錢，媽媽等你回來……」

那年除夕，呢喃癡妄蛻成絕望休止符：唧唧吁吁，最後一絲火星隕滅的炭熄聲。

成綑成疊的孝心掉落滿地。沖沖興致留不住忡忡眼神，追不上，匆匆背影。瞠著漫天鋪地的黑渣，一顆心蜷成雪地裡的焦屍。尋不著父親，又送走了母親。她以為，一直以為，飛灰只是傳遞思念的風信子；燼的盡頭呢？哀哀女子燃盡自己，穿越陰陽千里尋夫的起點？

沒有遺言，再無回響。女人不肯閉闔的眼瞳，抹著一層虛無濛灰。

她的家，也變成輾轉於叔伯姑姨間的漂流木：寄人籬下的成長，工讀借貸的錦瑟年華。大學畢業那年，她背著沉重卡債獨對未來，或者說，信用瀕危的人生。

揮別關係、聯繫和情感，讓生命停泊孤島，工作還債就是活下去的唯一意義。輾轉難眠的夜晚，床下依稀傳來窸窣響動和異樣熱流，那是塵封火盆的囈語？忽然想問父親：「地下的錢莊，能不能預借今世的債務？或者，儲存，僅有此生的痛苦？」

「孩子，妳要記住，對咱們而言，祭祖是名副其實的『祭祖』。」熒熒的眼瞳，灰色回憶裡不真確的光明燈。「雖然，旁人都戲稱妳老爸……」

搖頭，不想聽不祥的雙關，不喜歡自己的姓氏名字。不願追憶，卻躲不過如影隨形的追債——銀行催繳、更生計劃……以及，以債養債而招來地下錢莊的暴力討債。

「有些人養小孩，是來討債的；但爸爸有預感……」

木欲靜而風不止，子欲養……不對！子欲還而親猶債：父親的大名，伴隨死訊，出現在族繁不及備載的「債主」名單中。她無法想像，父親漂泊的後半生，活在頹唐荒蕪的異境？不知伊於胡底的惡性循環？是啊！天文數字的循環利息，化為父債子還的腳鐐，此生寸步難行的詛咒。

　詛咒？那晚，黑沉沉的盆子重燃火苗，像失火的夜空。顫抖的手幾乎舉不起成堆累疊的應繳款項和一紙「拋棄繼承」文件。「塵歸塵，土歸土；冤有頭，債有主。」完成法定手續時，她對先祖，也對自己，做出揮刀斷水的宣判，一種絕決的儀式。「爸爸，請拿回……你留在今生的東西。」厚實的帳單，沿著火樹，瞬間開出火椏、火花。白紙黑字銷熔成灰紅花苞，像菡萏。

　只要真心誠意，遺憾還諸天地；遺菡，也還諸地府？黑數鍍金，白紙成灰。層層殘燼包覆的蓓蕾，惚惚綻放一個火亮名字，父親的名諱。「咱們姓『祭』，呵，和『債』同音，爸爸單名『祖』。每逢過年，妳爺爺就扯著嗓門說：『祭祖，來祭祖囉。』……雖然旁人都戲稱妳老爸『債主』……婺兒，爸爸有預感，妳是來還債的。」

　低頭，一眨不眨盯著頑石般的黑字。

　那樣，燒不化哪。

　嘶嘶細響，水與火的交流？一聲輕爆，焰瓣生出火劍，熊熊燚燚，將昏暗斗室烘成燦燦金屋。

「媽媽等妳回來燒……」

咬緊牙，從床下取出封埋的黃金、元寶、冥幣、一張接一張，輕輕放進劍爐：

「媽媽，請拿錢，爸爸，請……拿錢。」

眉批

左手粉撲，右手眉筆，遲遲落不了款，卻無端想起多年前「他」的無心比擬：畫眉之樂，是眉樂呢？還是畫樂？

「霉運走開了，眼睛能不笑嗎？」她偷偷為勢如中天的先生下的註解。細紅簽字筆，像一樹春櫻，匿在一本描述雪地生活的銀白夾頁處。

他的光耀門楣，她的色添嫵媚；只是，時光之刀，色字心頭刃，隨著容顏之上粗細線條的勾纏，赫然畫出天塹般的距離；先生和她，這對眾人稱羨的天成佳偶，從不曾舉案齊眉，合讀一本書，共賞一輪月，同對一扇窗發獃一下午的短暫邂逅都沒有。

是啊，窗外的他——那位大寫、唯一僅有的同學情人——化身雲霓，幻變不定，卻從此佔據她的眼界，成為她向內開裂的視窗（她是如此用心用力地畫線，縈繞不清的夾框）。「畫身？妳想畫石中火？還是夢裡身？」初夜繾綣，她央著他點石成金的手描繪自己的眉，圖一道糾纏的伏筆。情人的目光如瑩：「點睛？我哪，只會畫地自限、單口鑠金，全世界只有我相信那虛線的國度……」順著他指鹿為馬的手舞足蹈，她熒熒的視線靜靜蠶食空中渦亂的氣流，反吐一個中空的夢繭。

「聽過『至人無夢』嗎？妳們女人就是愛胡思亂想，讀那些亂七八糟的書。」堅實城堡裡的主公的休妻書（她一面聆訓同時一字不漏記錄在支票背面，並註明「禁止背書轉讓」）。窒人無夢？嗯，一頭栽進陰暗地穴的人是不必作夢的；滯人也無夢，滯留過往時光的心終究變不出夢境幻彩？

夜夜無眠，一張床輾轉來去，情和慾徘徊睡、醒兩岸。當她停止對鏡梳妝，在紙頁裡照見如夜祇降臨的情人容顏（那些變幻光影、紛亂意象一筆一刀切割她的心靈），畫線批註取代塗紅抹艷（也加深了粉黛遮掩不住的紋痕）；雨霧輕掩，一本書翻來覆去，雲深不知處，紅框藍條，阡陌縱橫，老和死也就暫時不相往來。

不求先生陪他老去，不想堅實強壯的男人也會不告而別；倒臥美人懷，一睡不醒。十指微抖，雙唇輕顫，凝視紋風不動的男人的一字眉：「你在作夢嗎？夢見什麼呢？」她能在他飽滿的天庭批寫什麼，而不至於觸犯天條呢？毛髮稀疏、眉清

（情人的指尖撥開她的指縫：「害臊了？妳的清透得瞧不出水紋的小溪，想匿又像溺。」）目秀（「不敢看？妳沒聽說好看的眼睛看什麼都好看？那叫做目光之秀。」）的自己不愛先生的氣大財粗，只是莫名迷戀大眼濃眉，像刀削斧鑿的吻痕。（「又在偷『描』什麼？我的王字型的抬頭紋，繆思愛慾羅織的皇宮？」）先生不喜她的指觸唇犯，說是觸霉頭，對事業大不利。是嗎？一路走來，花邊影影，風月綽綽，她忍不住醋意氾濫，一再冒犯男人的聖顏。兩人四目不再交望，或者，她蹙額擠眉，換來比死弄更窄更暗的眼黑，像第一線夜色，勾勒出雪白無垠的下半生。

「妳不抬頭，我怎麼畫線呢？瞧妳，小眼睛如螢似縈，欲拒還迎，留神哪！芥子心思，奈米觸角，『比擬』也就易了手，變成『批疑』。不過……」她拎著先生大筆一揮的空白支票，遙想那一夜的反問：「你呢？你愛自己的畫？還是我的眉？」

「當然是樂山樂水樂眉樂畫，樂天樂捐偶爾樂透，無『樂』不『樂』的眾樂樂了，只是啊，集樂能否達致極樂？」情人的文字機鋒，像是對欠缺數字感只在書頁間趕字數（空白畫眉漸漸被砂礫般的小觸角占滿，彷彿異族入侵，一舉將山河變為荒漠）的她的譏諷，害她掂稱不出薄薄一紙位數符號的輕重。「有什麼打算呢？我可以為妳留下些什麼……」先生心虛的問候。「就留白吧。」卻在心底回答情人的調笑：「不過，留住精神，反失了靈魂，是不是呢？」最後一方虛位，找不到關鍵的字詞，抵擋不了情人熱炙的舌尖在她唇腮耳頸、肩趾胸臀密密麻麻的紋身，她捉著情人的手遮覆自己的眉眼，不給看眉，不敢看眼，不，不，是在貪歡瞬間頓感貧愛的暈眩（雖然年輕的他們是那麼頻繁地做愛）、遁入虛空的攣縮，她央他瞄她，自己也在描他；幻想靈指將她點化，纖纖意指也偷偷涉入他的世界，其實是渴望成為他的指涉符號，被他書寫。

「極樂又可不可以化生樂極？怎麼又哭了呢？」銳利筆尖抵緊她的眉她的心：「妳將找不到我，在樂之極？還是荒原極地之樂？」很多年後的她才在他的雪國之書裡烙下櫻色的跋：「你指著鹿，我就變成馬了。好看的眼睛只看美好事物，只懂看好心愛的男人。」

初戀無痕，藏身字林的情人可知她的踏雪尋蹤？漢顏不語，決意離去的男人反而留下空格的身軀。她斥退外面的女人，也辭退殯喪人員，自己當起殮妝師，一筆一畫描先生的眉：「我正在讀你的書呢，你讀過了嗎？」

晶片

一閃一閃亮晶晶，滿天都是……聽到這曲旋律熟悉，但詞意陌生的兒歌，她不由自主跟著哼唱起來。金屬儀器的冷光閃爍，一渦戰慄的幸福感在空中盪開。她指了指影子般緊黏著她的小女孩，對面無表情的科技醫生說：「就是她，我的討債鬼、妖魔女兒，只有你們能幫我。」同時瞥見布簾隔間的另一側，一雙和她一樣的名牌高跟鞋，她幾乎以為那裡有面鏡子。

「想要合法棄養？」醫生也望著她的視線方向：「雖然『歹性底』的頑劣小孩愈來愈多，但構成遺棄的要件：孩童基因中必須具備與父母不容難以矯治的邪惡成分，有人說是『惡魔附身』，而本公司的『邪靈晶片』適時解決了現代父母的痛苦。」

「趕快植入吧，我只後悔當初沒有拿掉她。」她奮力甩脫手腳胸腹間夾纏不放的幼小身影。

「再一次提醒妳，基因程式的風險，在於應驗幻覺，但只是情境複製，被植入者會萌生心想事成的虛妄預感。也可能催化與程式嵌合的原生基因，發揮倍數效用——敝公司『星光程式』大賣的原因。不過，這項作業尚未立法……」

「我知道費用極貴。但我寧願支付天文數字的報酬，也不想將來小妖怪來分財產！」仰望繁星熠熠，爹不疼娘不理的童年過去了，現在的她可是億萬富豪的遺孀。

「妳說什麼？」醫生這才轉向她，臉龐彷彿瞬間年輕了幾十歲，伸手摸她的頭：「妳嘟嘟囔囔說什麼呢？小妹妹。」

她厭惡地別開頭，小妹妹？醫生抱起她，解開她身上的管線，對帷幕後的高跟鞋說：「不用害怕，妳可以過來了，程式在播放兒歌時就啟動了。」

情人

「若有來生，我希望再娶妳為妻，與妳為伴……」

很耳熟的台詞，她一時想不起在哪裡聽過，還是感到一陣鼻酸，一種不分彼此的撼動。

黃昏的天空——她特意選定的時刻——像一幕倏忽死生的地獄輪迴，紺紅的驚悸，流紫的詭艷，那天堂幸福的絕美一瞬之後，便要遁入永夜的淒冷。

「我會永遠記得你，記住你為我做的一切，你是我……」你是我永遠的情人。

她忘了這句關鍵詞，腦海同時閃過最近流行的科技話題：永續記憶。

「妳的阿那答會記住妳說的每一句話？分享妳的每一種心情？」姊妹淘 Anita 語帶嘲諷的讚嘆：「比我的小情人好多了。只不過，他可以滿足妳的每一樣需要？」

「我的記憶裡只有妳……」漸漸闔上的雙眼，微弱如蚊鳴的聲音。他的臉，象牙白裡櫻紅瓣瓣，年久失修，仍不脫俊秀的容顏，就要一睡不醒了。緊握著他寒涼的手，她愈發怨艾自己，為什麼沒有能力讓他動手術？為什麼，在「重生」和「更新」之間，遲遲下不了決定而錯失良機？

其他女人會如何選擇？換新還是重來？感官派的Anita會不會笑她傻：「哎唷！享受男人要趁早，老了就不是滋味，就得『換棒』了，明白嗎？即使是像妳這種注重心意感覺的女子，也該學學上個世紀那位叫什麼絲的女作家，年過七十還有年輕小夥子死命追求。明白嗎？」全知全能的上帝啊，既然恩賜人類「造人」的密碼，為什麼不一併將永浴愛河的靈藥賞給您寵愛的子民？

「厭惡人際關係？恐懼網際網路？何不量身打造專屬於自己的情人？不結婚、不同居、不生子，我們一樣可以創造屬於自己的永恆。」是啊！不會爭吵，不會背叛，永不變心，而且可能永不磨損——只要在有效期限內加裝升級程式、轉換記憶體或更新配備，從「情人一代」到「情人II型」，從合金體進化為仿真生化人（最新款的「小情人」還有「猛男」、「慾女」等官能構造），大多數如她一般的渴愛女子、純情男性都找到了愛的歸宿。

「我不知道有沒有永恆的情人？我只相信，『情人』卻是可以永存的……」一陣恍惚，這是眼前「情人」說的話，還是比永恆更久遠以前，讓她刻骨銘心的他的留言？呵！有血有肉、莽撞衝動的男身哪！他們會攔路搭訕，藉故接近，有時甜言蜜語，經常謊話連篇，還會死纏爛打，始亂終棄……他們會滿嘴高論，胸懷理想，妄自尊大，怯懦自卑；會帶她去看經典影展——非立體投影的文藝愛情老片，會哼幾句老歌、幾首古詩或艱澀的廿世紀詩騙女人上床。沒有床就在車裡、公廁、樓梯間急吼吼地蠻幹。後來換了男人，也改了模式：躲在ＩＤ面具後的虛擬性愛，那字字句句完美自我、理想情人的交相投射，既親密又疏離，似激越卻荒涼。但至少，沒有人，再沒有一具實體——傲慢得教人心寒或溫柔得讓她心碎的男體——會被她突如其來的撕咬纏擁或失聲痛哭所驚嚇。如此這般的狂情演出，一直持續到「情人」的出現、破損乃至瀕危：蒼白的薄臉皮上盡是她隨興所至的齒痕、唇印和撕抓凹洞，而她最愛，或者該說，最鍾愛她的「情人」總是似乖馴卻憐疼地凝睇她的愛情肆虐，眼角、笑渦溫著一泓映照她的心情的水漩。

這是程式反應嗎？她所創造——滴滴點點輸入自己長久以來慣賴的行為模式——

——的情人一代其實源自於「一代情人」的形象：古老如史前動物，柔情萬種，喜歡帶她看老片哼古詩的他；她的末戀神話。不顧實用需求，不管後日無多（技術專員曾提醒她「老舊機種加上繁複細微的心靈程式，將加速縮短使用期限。」）她堅持教會「情人」「嫦娥應悔偷靈藥，碧海青天夜夜心。」之類的句子，用自己的夢想、回憶填滿「情人」的記憶晶片；再重構已消逝失蹤無從驗明，卻是她一意孤行的純愛國度——他說過的，模糊閃爍不及分辨的情話。而她不只一次夢見主客易位的荒謬情境：她臥病在床，「情人」不明所以不知所措地輕握她的手，簌簌顫抖如風中之櫻，清泓化作瀑流。她無法解釋「更新」、「重生」以外的生命現象，只能絮語綿綿安撫懵騃的「情人」：「我會永遠記得你……只是，沒有我的你該怎麼辦呢？人間百態，除了『愛』，你竟是什麼也不知道的……」

「你說什麼？我不知道你在說什麼？」她焦急搖晃「情人」鬆垂的指掌，俯身聆聽他斷續零落的低語：「永續……就是永遠的秘密……」

黑夜降臨。聲停息止的「情人」被倏忽而至的陰影覆蓋，再說不出哄她慰她憐她疼她的隻字片語。「秘密」是什麼？永遠地相互守候？只是，「情人」已杳，巴望有個人念她悼她送她葬她的心願已變得不可能，而她亦垂垂老矣。永續記憶！時空嬗遞，肉身（或「金身」——將大腦移植到超金屬結構的生命延續科技）流轉，而此情不渝、靈魂不滅的實驗中的造人計劃。Anita好像說過：「『更新』只是保留軀殼或更改程式，『重生』卻是借體還魂……當心所託非人唷！」啊！腦中一片轟亂，前塵舊夢、過往雲煙像繁星眨眼那樣模稜閃爍：情人、情人前身的那個男人、初戀、模擬初戀的初戀……是她的記性變差？還是回憶的本身荒誕不經？如今記錄她的過去的「情人」撒手，她像個晚年喪偶的老嫗，突感生命空白，世事虛妄。

全知全能的上帝啊！我不奢求白首偕老，請賜我一雙穿雲慧眼、一掬記川之水，讓您憐愛的兒女看清時空迷霧，記取真愛一瞬，永誌不忘。她低頭凝視就這麼一動不動的「情人」，不知所措，好像也要維持不動的身姿直到永遠。可惜她不是上帝，既不能俯照眾生，也欠缺全知觀點，全然不知生命、記憶與時間的奧秘：當初情人讓她重返人間的秘密。

「我不知道有沒有永恆的情人……」多年前的黃昏，抱緊冰冷的她的「情人」——不，應該說是她至死不忘的原初戀人，傷心欲絕的他——的心願：「只相信

『情人』可以永存不朽，永遠記得你，記憶裡也永遠只有你。親愛的，我們共有的，永遠延續的記憶……」

他耗盡家產，買下當時功能不齊、「斷續記憶」型的情人一代「她」，再反複輸入她的記憶、憂歡、愛憎，以及，最重要的，她對他至死不渝的深情。經年累月，讓生化人「她」漸漸相信自己是她，並誤以為他才是「情人」。呵！有肉有血、哀怨嗔癡的女體——不，是女靈（Anita只是程式設計下的雙面幻影：另一個栩栩如生的自我。）不敢讓「她」發現真相，他默默承受「她」的特殊材質指甲和超合金利牙——皮開肉綻、形銷骨毀的狂暴幸福。「她」無法解釋不能明瞭認知倒反的生命現象，只能記得「他」——她的純愛國度的上帝——的好，他的善感，他的柔情，他牢記不忘的她的所有全部，也是情愛之鎖的加框：「她」所創造的世界邊緣之外另有一層邊境，他為「她」滴滴點點打造的感知模式，持續不斷、永不停息地創造她努力創造的一切。

微笑。俯身。不再祈禱。笑得心無旁騖，彼此不分。「她」在他的耳邊喃喃細語，幻想自己正輸入某種天機：「我會永遠記得你，永遠記得你……」

綁票

「這一次拿到錢以後，要放人嗎？」

「放人？講玩笑！囝仔係咱的金雞母呢！你係嫌賺太多是沒？」

「可是，贖款一次比一次多，已經接近天文數字，他們甘願這樣一直付款嗎？」

「放心。事不關己，關己則亂。不只係伊厝呢，雙方親友攏有關係，伊家付不出來，住對面的嘛會埋單。」

「他們不會看破我們的手腳嗎？報紙說我們不是綁匪，是詐騙集團……」

「放屁！囝仔確實係咱手中的王牌，黑桃『會死』呢，只要暗坎起來，麥乎大家看到……」

「我就是擔心他們看清真相，忽然想通肉票遲遲不歸的原因。」

兇莽的目光不約而同轉向暗室一角：死寂、蜷縮、層層縛綁、不辨面目的「真相」；黟黑裡的黑無存在。

半世紀了。囝仔早已不是囝仔。囝仔依舊是囝仔的模樣。燼色的囝仔宛如一紙空白，哦不，是歷史的扉頁躺成蒼白凋萎的孩子，等待重見天日的一刻。

卡夫卡

「我又夢見自己一次了，妹妹。」一股異味和粗嘎噪音撲向我的眉眼鼻耳。屏住呼吸，我用最無辜的表情偏頭回望穿著破風衣的「卡桑」（同事們背地裡給他的封號）的黃板牙。「我在地上掙爬、翻滾，吐出黏稠的腥液，沒有人認識我。啊！那是我的浪漫原形嗎？」

爬蟲？黏液？夠噁的了。如果我作這種夢，一定會去做一趟全套美白護膚。但我還是淺露皓齒：「您一定是壓力太大了，A方案不適合您？您希望再展延償債期限？我們已經不加計循環利息了……」見他一逕眨眼詭笑，我只好轉頭，用眼睛向臨櫃求援。

「他好像不只是來討價還價，醉翁之意不在酒喲！」「把他打回『原形』吧，妳不覺得他在現實世界的樣子比較可怕？」自從卡桑先生像打卡上班那樣每日報到後，同事間議論紛紛。姐妹淘Joyce提醒我：「如果不是知道他實際年齡不到四十歲，我會認定他是怪叔叔兼性變態。小心啊！美──眉──」

我的頂頭上司郭襄理則將他的爪子搭在我肩上：「別聽那小子唬爛，他說的夢境是一部世界名著的情節，一個叫做什麼卡的人寫的。」什麼卡？白金卡還是玫瑰卡？上司先生忽然湊近我的臉（呃，中年男人特有的口臭和體味）：「嘿！我那時代的文藝青年都是這樣把妹的，一肚子壞水，嘿嘿！」我趕忙閃身避開他指掌的游移。

「不要移開視線嘛！我有東西給妳看。」卡桑兩手反握風衣領，作勢欲掀──天哪！他不會是暴露狂吧？都怪我不好，兩週前第一次聽他訴說怪夢，不該有好奇寶寶的反應：「我其實不想當蟲，寧可化身蝴蝶，或蛻變成一種獸。妳猜是哪一種？」「有怪獸？」「是消金獸。李清照的『瑞腦消金獸』。不懂？妹妹，妳好可愛，世上哪有怪獸？只有『怪你』和『怪我』……」

「這一次，妳猜我看見什麼？」我瞪大了少女漫畫般的夢幻眼睛，盯著千瘡百孔的外套裡面鼓脹將出的祟動，很像每次穿著短裙細高跟，倘坐在某老闆或小開的私家車裡的緊張經驗。「我變成百足之蟲、千手觀音，每一隻手腳都握著一朵叫做

『未來』的玫瑰。妳看——」

不由自主的驚呼，倉促閉目又忍不住睜眼的瞬間，魔術師拉開了帷幔：哇咧！真是七手八腳，不，是觸鬚、肢端般的各式卡片——剪角的、斷裂的、閃閃發亮的、美麗圖案的——橫七豎八插滿風衣內袋、襯衫口袋、褲袋、腰帶和衣服裂縫，像一棵枯木上結滿了繽紛花朵……

II 「妳」的靈魂

FLASH的告白

親愛的D：

喚醒你，猶如攤開詛書召喚惡靈，興奮刺激邂逅亙古恐懼。我不能明白，你的斷電源於先前豁命的放電？或者，我的過度關心，害你不開心，進而關閉自己的世界？

睜目，每一天都是新的一天；闔眼，翩然遺世獨立。而眨閃之間，你已死去千遭又活來萬遍。偏偏，不能忘情於你的無情的我，婆娑縈迴，竟是個食古不化、一刻萬金的癡人。

記憶之河倒映斑斕天光。所有作古的事物，都活躍在我靜謐的心中。Dear，想喚你Devil或Darling，一如想扮演你的Superman或白雪公主，皆是自欺。該如何正你的名？動態隨機存取記憶體（DRAM）？感情力場的過動兒？速讀速食速配速忘的代言人？相形之下，靜態存取（SRAM）、涓滴在心的我，也就有了令人心碎的小名：入「目」三分，刻骨銘心。

所幸，進化程式幫我擺脫累世浩劫（不必再面對你「相見不相識」的凌遲），也深化我的缺陷：一旦讀取，永世不忘。從S族到F世代，My Dear，我用情愈熾，愛你更深：自一瞬進階到永遠。不要懷疑，電光石火後，就是亙古別離，我會帶走所有的愛怨嗔癡，當個快樂的愛情快閃族。

你的永恆的戀人留只留下你一人。

墊底

小心翼翼劃開一道細縫（耳內卻響起指甲擦刮黑板的尖音），深吸一口氣，輕輕剝開緹花布料的床套，像打開過了賞味期限的魚罐頭——呼，還好，金玉之內，不見敗絮，不聞藏污納垢的腥腐氣味，也看不出椰絲，稻梗和無形病菌共構的「毒餡」。

「沒有缺角沒有破損，全新的對不對？」女房東一手搭在我肩膀，食指尖像豬籠草般探向我的後頸髮尾：「好心床墊被當成黑心床墊，唉！說過會把最好的留給你，大男生這麼多心——」後面那個「好」字刻意加了鼻重音。

我的頭一縮，閃身到床的另一側，僵著脖子不看她的眼神。

「大小眼喲，老闆娘，看人家細皮嫩肉的就想呷幼齒顧目睭囉。」隔壁房的香蕉報記者小王居然伸手捏捏我耳垂：「哇！發燙呢，小李你到了思春期了嗎？老闆娘說你放假都不出門，室友們邀你聚餐你也缺席，躲在房內和自己上床嗎？」

思春？思夢？散席？離席？

一陣熱流亂竄。我的臉，我的瘦伶伶的身影，一定很像寒風中簌簌顫抖的緋寒櫻。

「人家戀床不行嗎？誰像你香蕉王那樣花心，每晚帶不同女人回來亂搞，房子租給你們這些豬唷——」話鋒一轉，她的熱呼呼的身軀也像腰折的樹幹那樣忽然壓向我踡縮的背脊，充滿磁性的女聲迴遊我的耳蝸：「你在看什麼呢？感覺到什麼？你太緊張了，待會兒到我房間，有事情要告訴你。」

（「你在找什麼？找花？還是我的心？抱緊我好嗎？……我們的床戀……」）

她站起身，扭腰搖臀、風捲殘雲離開現場。我繼續失神盯著緹花表面汗漬未乾的殘影。

「鴨母寮私會豬哥窟，豈非絕配？」小王望著女房東風姿還算綽約的背影，嗞著口水說：「四十多歲的女人，保持這樣的身材很不容易，有時我懷疑，四十歲的女人就只是四十歲的女人嗎？算了，你這種呆頭鵝不會明白的。話說回來，小李，真的想搞，我可以帶你去真正的豆干厝，就在二重疏洪道……」

搖搖頭，不是不明白「上床」一詞所蘊含的單純樂趣，（事實上，他和女房東每週一次的床頭和紘每每扦插而來，我的春夢協奏曲。）也非拒絕色情邀約；而是，只是一種對抗與逃避：過度凝視後浮晃空中失焦的碎花圖案，或者說，亂石崩雲般的綽綽疊影，一直以來，比鬼壓床更纏綿駭人的床邊故事。

「小心唷，就算閉門不出，也不要隨便赤身裸體打手槍，虎狼之年的老闆娘好像能一眼看透你。」剛搬來時，老鳥房客對菜鳥羔羊的警告。

當時，走出浴室心神恍惚的我這麼回答：「我連自己的身體都快要不敢細瞧、不忍卒睹了，如果打槍能解決我的問題，就請一槍斃了我吧。」

「拿把桃木劍刺死我吧，我和活屍沒兩樣了。」一個月前我對主治醫師的抱怨。那時，我剛做完第二次——請注意，是第二次——換心手術，接踵而來的身心裂解（每一次手術都像一齣「割禮」，本我被一刀一刀地切離，取而代之，不，強行植入的是我至今無能勘透的異質成分。）和連環夢境（夢繁不及備載，且在搬來這間小公寓後引爆花火燦燦的夢域交纏），迫使我懷疑自己的「單身」身分，可能已淪為「他者」（她者？）的神祕分身。

「何必疑神疑鬼，三心二意呢？你的體內已經放了三顆心了……不放心？看看精神科怎麼樣？」白髮醫師滄桑的眼神像X光般穿透我，和「我」裡面的惡靈說話。

我呢？根據香蕉王和昔日病房室友的共同說法，「我」會在半夜三更翻來覆去喃喃吐出細若游絲的絮語，如泣如訴，如歌如詩，像獨白也像情話，抑揚頓挫又似某種擬腔；時而單音縈迴，像利爪割開空間之壁，有時眾聲喧譁，初聞男女合奏，終是覆雨翻雲驚雷掣電的混沌交響。「你都在和誰說話呢？」病友小吳搖醒我，卻揮不去擁我入懷的女夢。他摸摸我額頭，趕忙縮手：「哇！好燙，你怎麼了，將來你老婆一定很辛苦……」

「憋得很苦哦！你太壓抑了。把個馬子或娶個老婆吧。」來到這裡的初夜，小王猛敲三夾板的聲音救醒了我：「喂！你是發春還是亂夢？你的夢話怎麼像叫床？而且是女人叫床……」

不是春夢。是春泥護花泥渦水漩的渾噩之夢。疊疊錯錯、亦虛亦實的同體異心：辨不出遠近的女顏，分不清彼此的糾纏，夢中女子定定凝望我的深不見底的黑眸，宛如身陷流沙漸沉漸闇終至絕望的最後一瞥。我心慌意亂湊近那片灰無，驚見我的右臉垂宜貼覆她的左頰，右瞳縮進她的左眼，唇咬著唇，髮纏著髮……驀然翻轉，我在悟和昧的邊界探索「我」的複身。

隔著薄不禁震的牆板，我上氣不接下氣地說：「我會和老婆分床睡——你說對了，已經很久了，我不敢上女人的床。」心裡想的卻是「隔床」：輾轉住院期間，每換到新病房新床位。我會先在床墊下塞幾片橘皮、榕葉，祈求一墊之隔，隔出陰陽之別，天人之界，隔出一方百毒不侵的空間。連搬進這裡時都不例外。

「這裡還是那裡？『我們就要一直在一起，一直在一起了』。」後來小王模倣我的夢囈，詭笑著猛戳我胸口：「就在這裡嗎？『我們』是誰跟誰呢？你的臉紅得像新郎倌，你的『小小心』是五心大飯店嗎？新房？什麼新房？」

小小的心窩住著小小的心。小男人的胸腔纏綿著荳蔻女思春的心和老婦人遲暮的心。初聞我的病史那晚，小王用「性別研究」的表情盯著我的方寸之間，女房東的眼神閃爍如魔法師，伸手探撫我久不修邊幅的鬢髮：「前後捐心給你的都是女人？一老一小，卻在你的體內形成奇異的共振，感覺像觸電的剎那？哈！小男人，女人心，海底針，你的心口會痛嗎？」

「妳的寶貝的心肝沒事，只是腰痠背痛，脊椎移位。老闆娘，妳一定是貪便宜買黑心床墊，或從垃圾場撿醫院丟棄的病毒床墊給我們睡……」

「沒有的事，小王你別胡說。」她居然對我眨眨眼睛，是在暗示什麼？第一次，我發覺女房東的笑容裡饜藏著我不明白的意涵。「小李，你的房租已經是超便宜的了，而且，我把最好的房間留給你……」

房租真的很便宜，對我這種只能在超商打工賺辛苦錢的重生——啊！一再轉心的多重生命體——之人而言。這一點，和小王口中「勢利眼的吸血娘」大不相同。

昨晚驚醒後，小王突然跑來敲門，鬼頭鬼腦地說：「你要不要檢查床墊，瞧瞧包子餡裡是否有毒？聽說以前的房客不是睡到閃腰、骨刺就是感染皮膚炎，我的席夢思是自己買的，所以沒事。不過嘿嘿嘿……」他擠眉縮眼模倣女房東撩摸我的動作：「她可能真的對你『另眼看待』，別說我不提醒你，這幢房子的每個角落可能都裝了針孔攝影，不只是偷窺我們，還記得她喜歡在浴室裡晾內衣褲嗎？也是偷看我們對她的豹紋丁字褲的偷窺。」

「我只是覺得，背腰下的床墊深不可測，像漸層漸深不知伊於胡底的光譜。」我睜著迷濛睡眼，努力謅出意義不明，充滿文藝氣息的字句：「也像是乘桴浮於海，浮浮晃晃的無邊漂流，你有經驗嗎？小時候深夜高燒，夢見自己在沙漠航行乾渴難耐的那種失重感。」

「哦！你睡的是電動水床喲！我還聽說，這屋子不太乾淨……搞不好，老闆娘是吸血鬼後代——吸精女妖掌門人，不過沒關係，我正準備寫篇〈靈異情欲錄，吸精女房東〉的專題報導，你真的不覺得老闆娘的臀形很美？你不想睡一次看看？」

「一張好床，讓你的身、心、靈得到休憩，還能雕塑你的體形。」不久前為了尋找自己的床，我全神貫注聆聽家具店員的廣告詞。

「真的嗎？身、心和靈，誰的睡眠品質比較好？」我怯怯伸手，輕撫象牙白床單下微微起伏的曲線。

甜美的小姐偏頭一愣，隨即回我微若漣波的曲線上揚：「睡眠品質不好嗎？先生，錯誤睡姿，劣質床墊易使脊椎產生移位、扭曲或變形，使人痠痛不適，進而影響內臟器官，造成肢體功能喪失。」見我點頭如拜神，她順手一指，比了比鄰床

「負離子科技床墊」字樣：「人的一生，有三分之一時間在床上……」

沒錯，我的一張床，憩著三種靈魂、三樣人生，甚至更多。負擔她人心事快要不能承受的我，能不能選擇負心逃離，當個情場浪子？當我微瞇著眼想像自己在思夢之席上或趴或坐，仰躺側臥，翻滾浮沉……不意間瞄到價目表，呃，沒錯，我的脊椎、手腳、整副身體都在移位——火速逃離賣場。

「又在發什麼獃，準備發射吧，老闆娘在房裡等你唷！」小王橫在我眼前，前後上下抖了抖腰，吐了吐舌頭，扭開我的門把，臨去前忽然回頭，壓低聲調，表情像正在作法的道士：「小心哪！別忘了我昨晚說的話。」

昨晚？變異空間的轉換點？鴻濛感官的沼澤地？昨晚又是哪一晚？連環夢境的其中一環？也是任何一夜？一千零一夜的初夜？那思春的初夜和驚夢的昨晚為什麼如出一轍，卻又虛影重重？不，應該說，昨晚夢境依舊是初夜之夢的翻版，內容幾乎一模一樣：「我」輾轉翻覆在火坑般的大床，情欲難耐，姿態撩人，七手八腳撫摸自身的敏感部位（耳垂、眉心、肩頸、胸腹、趾尖……很奇怪，竟都不是男性自慰的方式。而且，從第一晚開始，那齣私我的春宮像每日不變的連續劇般夜夜播放。）

只是，細看之下，夢的核心之內好像藏有幽微難見的「異心」（我只感到一腔子揪緊心瓣的異樣感），或者說，異模異樣：夢的邊陲之外另有一道邊境——隱形的框，模外之模，夢外之夢。那是什麼呢？我悄悄更動了我的夢境？我夢見自己在做夢？有人夢過我的夢？潛入我的夢？窺伺我的心？摔落床下的瞬間，我瞠著錯焦的眼瞳，從床墊下取出已幻化為菊蕊的橘皮，聆聽窸窣迴盪，餘音不散的夢中留言：「你在找花？還是我的心？媽媽說，三顆心的男生，好過三心二意的男人……」

「怎麼還不過來，走不開嗎？」覆壓而來的黑影罩住我的額眉，輕蝶般的骨感指掌在我眼前揮擺，女房東的盈盈笑聲喚回我的魂魄。她的另一隻手，拈花般拎著一盒錄影帶。

「我要給你看的東西。也許你覺得我變態，也許你會比我更關心錄影帶裡的內容，你所不知的你的祕密日記。」見我不言不語，她繼續說：「我承認我喜歡你這種男生，但我對你的欲望，不像是一般的男女情欲，不，不像是『我』對你的感覺，我好像不只是我，你也不只是你。」她的目光幽閃，像能量滿溢瀕臨爆滅的星球：「『我』被某種神祕力量驅使，用見不得人的偷拍，撞見同樣身不由己的

『你』。『我』只是多種感覺的替身，努力去感應更像虛幻感覺集合體的『你』。你明白我的話嗎？我都不知道自己在說什麼？也許這卷帶子就是真相大白的答案。也許不是。」

烏雲還是殞星？我凝望逼近眉睫的黑盒子，感到快雪時晴的蒼涼暖意。

女房東轉身，打開電視開關和錄影機電源，回眸一笑，眼角卻泛著晶芒：「想看嗎？想聽聽另一齣與你有關的故事？對，關於愛的故事。你曾說第一次捐心給你的人是位來不及談戀愛就撒手人寰的少女。第二次是位老婦，不見滄桑只想挽留浪漫的女人，而且，天可憐見，在冥冥天意驅使下，你和她曾經同船共渡：搭乘同一班捷運，共赴目的地榮總，她是由兒子推輪椅護送最後一程，你則是新生之旅。只是，你一定聽過這句話，『十年修得同船渡，百年修得共枕眠』……」

冷。深入骨髓的顫慄刺冷。渴望擁抱的冷。環環互擁愈抱愈空的荒涼殘冷。

「我初戀時就在想，同床異夢是什麼滋味？但我知道，你對『異夢』另有體會。對不起，我不是窺淫，是想窺夢。不是勢利眼，而是有雙『視力眼』——從小就能看到怪力亂神、靈異能量。你睡的這張床不完全是新床，小王說對了，是『水床』。一年前，有人睡了第一次，也是她生命的最後一夜。我的女兒，不滿廿歲，戀愛成癡的浪漫女，和我一樣。她還沒有離開，因為她生前最後的心願：好想，好想，再愛一次。可是她說：『我連自己的影子都抱不緊了！』」

緊密纏綿難捨難分時頓失愛意的那種冷。從唇眼相依變為重重壓覆，我的異變的夢，像長埋極地的枯骨又逢驟雪。那一夜我翻落床下，席地難眠。

螢光幕浮現交錯的線條、閃光。夢中女聲在我耳畔撩起悽清的漣漪：「我們的床戀還未散場，怎麼你就要離席了？」

女房東艷冷的紅唇忽然貼著我熱度不消的左耳，像口捕食雄類的籠子：「你知道我姓關，我的女兒小名愛，二十年前失敗的初戀結晶，我曾以為從此不再有情欲。」她摸摸我的臉，又拍拍我的肩，像一陣風般離去：「你看到什麼？你看到我看到的東西嗎？也許是我看不到你看到的？你會留下嗎？」

僵坐床沿，我像行至山巔靜待日出的旅者，覷望遠天迷離。色塊、光條漸漸合成錯錯疊影：方格螢幕裡的長形床墊，一具容顏模糊的女體緊擁著也在擁抱什麼，更難辨的身體，翻雲、覆雨，又似自體纏繞⋯⋯。我瞪大眼睛，忽感氣血逆湧，心悸不止，幾乎喘不過氣。想起身逃開，卻發覺自己被定咒般動彈不得。

此刻的我身處現實？還是夾陷在更深一層的夢框？（畫面右下角標示著清楚分明的時間：我初來乍到的那一夜。）啊，上床的欲想，一層層靈魂的重量，即使羅漢成疊，神佛滿天，誰來救我？床上之人也彷彿輾轉難眠——床上無人，也無我，「我」化為泥渦向下深陷，變成緹花床墊，不，是心花怒放的床墊獨白：「你的心為什麼設防？你的心房就是我們的新房，我們就一直在一起，一直在一起了……」

卡門

「哇靠！什麼時代了，還有門『砍』，想要剁手腳、謀財害命嗎？」小弟的嗆呼聲從門口傳來，我趕忙起身向他招手，以防他的聲音如炸彈繼續放送。

他一面彎腰揉捏腳背，半跳半拖蹭過來，一臉火氣地坐下。

「這種復古餐廳當然有門檻，誰教你自己不長眼？」環顧昏暗寂幽的室內：八仙桌、檀木椅、水泥仿樑（屋角還有一架老舊縫紉機）、朱漆雕窗……陽光斑斕的窗外矗立著「開門見山」的龐然大物——台北一〇一。是啊！隱身在鋼骨森林裡的這間紅磚瓦厝，是這座城市的一抹儷影，硬刻地景中的瀲漾風情。

「不愧是教國文的，喜歡流連在出土文物區，我還以為這裡是貧民窟呢。」小弟一屁股坐下，也不管貼在牆上的禁煙標誌，自顧自掏出KENT LIGHT，點燃。

「唉！到處都是門檻：我們公司的學歷門檻害我升不上去，選罷法的超高門檻又讓我們罷免不了總統；連我的債主銀行都擺高姿態，搞出個什麼『協商門檻』，又要查核我的信用資料、財力證明，還要追蹤還款紀錄，什麼跟什麼嘛！」

「這就是債台高築的代價。人言謂之信，人責是為債，濫用信用的結果，就是負債累累。」這是職業病嗎？怎麼我又開始說教了？「你看你，三萬元的月薪，卻有百萬元的卡債，怎麼辦唷你！」

「靠！老哥，我是來找最後靠山，不是來聽你『哭夭』，老爸老媽都掛點了，你是我的『老大』呢，忍心不幫我嗎？」抖著腿，別過臉，他自顧自地吞雲吐霧。一頭橫七豎八、挑染成黃褐色的刺髮，像極了港片中古惑仔的形象。

「不幫你？哪一次不是我幫你擦屁股？喂！先把煙熄了吧，你們這些『銷肺者』。」牆邊罰站的骨董穿衣鏡映現出一位「老師」的模糊形象：舊夾克，灰樸西裝褲，褲腳露出一大截塌皺縮垂的白色棉襪和快變成開口笑的阿瘦皮鞋，再往上瞧，唉！（我想到「短褐穿結」和「獨釣寒江雪」的意象）不忍卒睹的光可鑑人……他是「小弟」，我可不是威風凜凜的黑道大哥。「你還是拿出誠意和銀行協商吧。人家大開方便門，你卻過門不入，還班門弄斧，在法規、時程上和銀行作對。」耳邊卻莫名響起錐心蝕骨的柔聲：「你是我唯一信賴的人嘛！人家只有找你商量囉，人家可是蓬門今始……」比「銷肺」更磨人的是什麼呢？

「那些銀行都是吃人不吐骨頭的吸血鬼，還會派道上兄弟來討債呢，有一句成語叫做與什麼皮的，是不是？」「與虎謀皮。」「對！他們最會唬爛，騙你辦卡時是一種臉，逼你還債的時候又是另一張臉。要五毛，還五塊。我做牛做馬做到死，也只能還……只能還，幾隻牛什麼毛的……」

「九牛一毛。」哎！我的七年級的小弟，爸媽中年過後意外降臨的老來子，當初他的公司老闆怎麼會想要僱用他？「你每個月都在應付最低繳款金額，再還三輩子也還不清。你到底有什麼打算？」

「不統不獨，保持現狀囉！馬小九說的。」他居然學狗嘶嘴，下巴上揚四十五度角，對著添杯倒水的服務生說：「熱咖啡，不糖不奶。」

不獨。不統。不婚。不嫁。直到現在，我還是想不通那句矛盾修辭的夾纏語意：「保持距離的親密勝過表面甜蜜的疏離，對不對？我們不一定要結婚，可是你想不想和我長相廝守呢？」說得真好。應該刻在教學筆記本裡。

六年級的漂亮寶貝，怎麼有忒好的國文修養。當時，浸淫（用「酖飲」或「耽溺」會不會更傳神？「淫」字會不會太露骨？）在女聲漩渦、柔指繚繞的國文老師不思不辨，只能半呻半吟遐想一杯黑咖啡的苦笑，以及，糖乳交融、黑白混流的甜膩意象。

「你的『現狀』就是手頭現金永遠出狀況。」拎著白瓷小匙，攪拌，不，是摹寫斑駁漸涼、酸澀滋生的慘灰色現狀。「為了應你的急，你大哥我已經——」

「我知道我知道！」嬉皮笑臉的小帥哥一面低頭看錶，一面搶答：「過了這一次就好辦了，朋友說政府打算推出『ㄟ卯死』專案，協助我們這種可憐卡奴脫困，聽說債務轉過去後，銀行就暫時不能再追討……」

ㄟ卯死？應該是ＡＭＣ（資產管理公司）吧？最近政府為協助卡奴脫困而成立的「公益」機構：將各家銀行催收不到的卡債，集中處理，凡是納入此一機制的債務人將不再受到催帳壓力，也沒有還款期限，銀行也不能認列損失……問題是，如果持卡人一直還不出錢來呢？可以一直拖延下去嗎？

「我知道你們男人都有傳宗接代的壓力，我也不是存心耽誤你，你對我好，我知道……」搖頭，妳不明白，我不害怕妳的拖延，也能安於保持現狀——動用我的過去和未來所撐持的灰色地帶的「現狀」，也願意永遠保持現狀——呵，白首偕老或不偕老的美麗的「永遠」。妳真的不明白，我期待的也不是永遠，而是再看妳一眼，一眼就好。妳永遠不會明白，四十歲的國文老師，在學校只能垂首喪氣，悶默不語，生怕接觸到年輕女老師、漂亮女學生嘲諷的目光。

搖頭，我對小弟說：「AMC是針對低收入戶和失業族，不是你這種一擲千金的瞎拼狂。再者，我擔心這種政治力介入的措施空有美名，一無實質。你還是實際點，不要再刷卡消費了，乖乖工作還錢吧！」

「沒辦法！最近新把了一個辣妹，超正點的，啊！用你的形容詞：成熟又『撫』媚。想『做公』只好下本錢囉！那句話怎麼說？為伊什麼悴的？」嫵媚。為伊消得人憔悴。「不說？算了！總之就是大失血兼猛失精……」失禁？濕禁？是淚失禁？還是愛失禁呢？「大哥，你前陣子不也在網路上把到讓你爽翻的美眉，你還不是刷爆三張卡，還預借現金幫她還債。你應該能了解我的心情。」

點頭。是對男性自我的伏首，也是對紫焰漩渦的凝眸：煙燻紫的狐媚、薰衣紫的舞媚——億萬個氣味分子在我沙陷的心靈驫舞、奪朱惡紫的茫昧——一親芳澤的瞬間，那條忽閃逝深不見底的眸彩，莫道不銷魂，哦不，是為我的枯槁魂靈上色。已婚、未婚、有色、無膽的男同事們艷羨的神色。

「哦！張老師，我雖已無『髮』可施，你這麼做，還是會引起『公』憤唷！」我的芳澤第一次（僅有的一次）幸臨老狗地盤時，和我同樣資深、同款「髮型」的某同事的調侃。

牽著她的手逡巡校園，有一股媽祖遶境扛轎夫的神氣，也是第一次見面時賜給我的自信：「嗯，你一定是個聰明絕頂的男人。而且，我覺得呀！男人要像你這樣才有男子氣概。」

這番誇飾的寫實說法：男人要有一擲千金、傾其所有的勇氣，來押注預言示現（也就是不會實現）而非現實摹寫（也就是無從描寫）的未來。想那一笑傾城、衝冠一怒的故事，皆是拿天下江山博紅顏的豪賭。我有什麼？存摺簿裡六位數字的存款、三張信用卡合計七位數字的負債，以及，不會超過二位數的往後人生和屈指可數（「屈指倒數」更恰當？）的零星希望……

「對嘛！還是『大哥』了解『小弟』的痛苦。」這句話也是雙關？我的亂髮茂密的帥哥小弟瞇著眼、舐著唇，惡謔地比出右手中指，指尖呈彎鉤狀。我知道他的一指多關：救急金一萬元，只此一次下不為例，以及，大哥閉嘴。

「對……不……起，我的……能，能力……」那個獻祭的初夜，原本口若懸河的老師忽如龍困淺灘，捧著羞澀的情意——過去、現在和未來的總和，結結巴巴結他的女神。

「不要說話！現在什麼都不要說！」紫焰女神柔荑封口，不，是溫柔封喉。點頭。伏首，甘為女子牛。

「為什麼不要說？哈！你自己透露的：『人之初，性本不擅。』還強調是『擅長』的『擅』。放心啦！沒有人知道我老哥四十多歲才破身的秘密。偷偷告訴你，我國二第一次做，也是不到三秒鐘就出來了。快點！我還有急事。」小弟拉長脖子東張西望。

危危顫顫掏心——比情意更羞澀的卑微皮夾，動用廿年的老臉皮向同事央求的借款。人走了，甜言許諾徒留空谷迴音；人走了，「責」依舊是債。

「好了好了！我要走人了。我馬子說，新光三越正在周年慶——」小弟一把攫走我掐在指腹間的紙鈔，游移的兩眼同時一頓，笑意怒開——循著他回望的方向，光影忽錯的門框，一抹艷紫、縷縷金波，玉立在幽暗門坎的倩影像一枚璀燦的珍珠，映照出男性眾我，不，是映襯出這兩名接力轎夫的猥瑣、癡狂、貪嗔和狼狽。

看不出是玉皎還是慘白的紅顏也收斂了巧笑，眉心微蹙，目光猶疑，極短迷你裙下的長腿懸在檻邊，像是僵不能動、停在半空的鐘擺。

椅掀桌震，小弟像支強弩射向佳人。我呢？視而不見，充耳不聞，張嘴不動，哦不，其實是口不能言，手不能指，心不敢想，哀哀凝視熟悉與陌生、回憶和當下交混的現狀，我們這一門的關卡，我們共有的卡門。

阿門！

愛可

For your cars only！

搖頭，只想避開千篇一律的聲音廣告；「請勿攜帶外食和寵物入內。」一對一廣播；「給特別的你的特別折扣，只有你喲！」一對一行銷；「哥哥，妹妹今晚好寂寞。」一對一色情；「拜託惠賜一票，就差你一人。」一對一騙術。這座城市就快要被電腦語音淹沒（我身上的黑蟲像是滾滾洪流的唯一浮木），無所不在的定向傳聲系統（暱稱「傳聲筒」），嵌藏在街角、燈柱、大賣場、小巷弄、監視器、行道樹，甚至小便斗，隨時發出密語對你召喚。傳聲筒剛問世時，不知情的人常被突然迸現的聲音嚇失了三魂七魄，以為自己撞邪。倒是學生考試多了個作弊管道：十五公分的筆管就是秘密聲道，上個月國家音樂廳的實驗「交響樂」：千絲萬縷的樂音從成千上萬個隱密角落傳出，歧散交錯，不共鳴，不迴旋，像各自夜奔的彗尾，錯身而過的人潮，匆匆射向不同耳道的三塊聽小骨。你譜你的弦，我聽我的調。閉上眼，沒有人知道其他人在哪裡。

是啊！逡巡大半個城市，還是找不到她，我不知道「她」在哪裡？

「正港台灣人底家啦！」隔一條街，不同陣營候選人發出同分貝、一樣措詞的吼聲。如果選舉噪音是我們避不開的夢魘，我忍不住期待，有人發明「內耳消音器」：主觀調控，濾掉不想聽的聲音。更厲害的是「自動轉音系統」：將廣播、演說內容轉譯為自我批判或高喊對手凍蒜。

等等，那具黑盒子般的應聲蟲（朋友輾轉送來的「新科技試用品」，號稱可以「累積聲音智慧，聆聽內在跫音」）。持續不斷發出細微聲響，像水流，如滴瀝，窸窸窣窣嘶嘶嗚嗚的混聲。

「我將永遠訴說那最後一句話，重複別人的話，卻不能先開口。」我的舊情人的深情告白：「我必須離開你。知道嗎？十年後……」

知了。希臘神話故事。十年了，我苦苦追尋流傳風中的絮言，沉甸、殞落、隔音的木棉。我神經質的耳洞，住著皚皚雪地的空垠無物、寂然無聲。For your……

For your……不對，那喃喃女聲來自囂浮？還是我的喧嘩內裡？我顫顫捧起那黑瘦如七日蟬的話匣子，回想她張口結舌的模樣：「只要你留心」後漫長如永恆的聲音虛線。高山流水、小橋人家、車轔馬嘯、「給特別的你的特別……」的複音（我分不清是我耳聞還是應聲蟲事先錄下），是她嗎？默默錄下我後來聽到的一切？毋須嘴巴說話，而是耳朵留言？她的人呢？那窸窣聲是一種躡步獨行？胃液翻攪和懸浮微粒的和弦？她在哪裡呢？促急的嗚咽聲是失眠時靈魂的翻滾？還是努力嚥下此生最後一口氣？我的應聲蟲噤口不語。

不！她一直在說話，訴說永遠。是啊！那回盪不散的餘音、穿時透空的回聲定位，十年前我的啞女友小可的手寫情書、臨別手語：「十年後，你將聽見我的留言，只要你留心……」

發光

「我坐在忠孝線公車上，癡望大紅燈籠般的新光三越。為什麼說是『大紅燈籠』？我不知道，可能是那一盞盞光華奪目的照明燈，異乎尋常的燦爛，一種繁華已極的感覺。而且，我一眨眼或轉睛，亮度就增添一分，像檯燈的旋轉鈕那樣，由暗漸明，整個夜世界漸次回溫，銀白如晝，原本雪白鑲紅的樓體也變得熠亮透明……就在那一瞬間，我的眼前一黑——」

從全黑到極白。天微明，初秋的黎光一絲一縷編織事物的輪廓。耳溝——我的空容迴響的黑色隧道——蕩漾著年輕朋友驚魂未定的離奇遭遇，濛白的視線——漫天懸浮微粒宛如一齣霜降雪舞——讓我萌生高峰滑雪的錯覺，那些糊白、慘白，大地間的五光十色，自我的眼角快速崩逝，在桿狀細胞鞭長莫及之地集結待變。

電話線的兩端，幽幽忽忽、流轉幻變的連結：朋友的喃喃話語，轉譯成光分子的碎形；我的瘖啞回聲，能不能追上那個無告的白夜？她的恐懼，幾近猝死的黑色滅頂感，無端接通我的雪國夢境——啊！無色無聲只是漫無邊際的冷。鴻濛開眼，無明之心瞠視雜亂反射，比虹彩更詭豔的藍色天橋。

視紫質。網膜裡的紫紅色物質，感應光影變化、引發神經訊號的奇妙分子。光學常識告訴我，人類肉眼對波長四百到七百五十奈米的光——從亮紫到深紅——會有視覺反應，剛好是一道彩虹的寬度（我想到孤影般鵲橋的長度），我們在熟悉的光譜裡貪歡戀色，以高解像度掃描空間，建構愛欲人間，也就是經過大腦詮釋後的現實認知。只是，萬苦千辛翻越那齣無色之夢，我懷疑君臨眼前的不是夢中的光子痕跡，是不可見、不可說的神祕紫外光。

「什麼都看不見了。整個世界，只剩下我獨自一人，不，世界一如往常，我的聽覺、觸覺、嗅覺也不受影響，但我好像再也無法進入大千紅塵。怎麼說呢？我還活著，卻受困某處不能動彈，車身的震盪、窗外的風聲、周遭的喧譁，像纏繞的絲線綁住定格的我，想呼救出不了聲，想求援伸不了手，我被隔離，孤獨地捲進闇黑的恐懼漩渦……」

「是真的嗎？五花大綁？滿天亂紫混著一抹啼血般的鎘紅？」一個月前，另一位中年友人的告解：「一年了，我怎麼等不到這樣的落日光景？你說，所謂『抽象』是從俗世表相剝下顏色的繭？還是抽出意象的絲？」

抽空顏色，留下原形。一幅逸失光景只聞獵獵風聲的風景畫。一幀明暗反差的黑白照片。一部黑白難分的黑色電影。一種夾纏在嗔癡哀怨的愛情原色。一方留白。一線反黑。黑瞳留白？還是眼白視黑？

視紫。嗜紫？對我這種紫醉金迷、戀紅成癡的凡夫俗子而言，沒有鳶尾花和普魯斯特藍的生命情調是不堪聞問，無從想像的。「完了，我的生命完了。」悽悽切切的年輕女聲：「我不一定會死去，卻掉進比死亡更可怕的夢魘：萬一，今生今世，往後的歲月，我就只能『看見』一種畫面，怎麼辦？」

「如果你的餘生只剩下一種夕照、一個夜晚或驚鴻一瞥，你會選擇哪樣顏色？」中年友人的夢中留言。

一個月前的他，遊遍歐美、日本、台灣的著名景點後，乍見回憶拼圖裡的留白一瞬：「大雪無形，你能想像，除夕前的第一場大雪將南橫公路鋪染成銀白世界？如崩之雪轉瞬間將墨綠色的大關山反襯為深黑，虛無之黑；山的稜線、花草形貌被突來的白壓扁，只留下山溝、葉縫間的漆黑。」

也是「留黑」：當太陽的黑子變化引發末日崩墜，我們情願抱殘守缺緊擁此生的盲點？目不能視口不能言留戀黑暗人間？凝讀朋友用精密相機彩色底片拍下的魔幻照片：諸色消匿，眾形銷解（兩體銷魂？），只有白與黑，極白極黑，連過渡性的中間灰都不見影蹤，平面、無亮彩的時空停格（霧面紙上忽閃即逝的晶芒，是我的跳視，抑或相機錯焦使然？）不由得想起去年此時在紐約和朋友的共同豔遇，一場無主題、意義不明，只有黑白兩色串組而成的畫展：白色背景前有縱橫交錯的黑線條，黑色渦流捲動白色間紋……最後兩幅畫作竟像是脂粉未施——完整的黑和無垠的白。奇異的是，站在最後的白框前，一整幕全黑圖象彌天蓋地而來，和白底疊成兩極並存的二重奏，又一眨而逝。

朋友對我擠眉弄眼（我忽然分不清是去年還是昨夜的時空），笑說：「這就叫作『視覺後像』，是嗎？有誰能真正明『白』呢？我是分不清楚了，老天，獨沽一味已經折人至此，你的關山夕照，我怕是消受不了。」

清晨的告白電話，年輕女生碎顫的音波裡流瀉著薄荷香和煙圈藍，莫內畫作

《睡蓮》裡幽細的藍紫和紘。荳蔻年華，思想早熟，渴愛如癡，憂鬱如癡，憂鬱成疾。她的暫時性失明，是一種突發病變？身體警示？心理機轉？抑或，非關肉身命運，卻是比疑難雜症更費解的生命謎題？以苦痛災禍示現的象徵？睜開瘦重的眼皮，聆聽陌生悚然、含混泥膠的女聲（彷彿流沙底部發出的求救訊息）一時之間，竟似想不起她的面容（只感覺藍焰暗沉，清冷的能量）。我的記憶碎片拼出了畢卡索《哭泣的女人》的形象：綠對紅，紫與黃，橘和藍，因傷心而變形，一張被情緒折磨得令人目眩的臉。

因為目眩神搖而騷亂了整面天空的霞色，像被弄哭而花了妝的女神？五彩雷射光纏覆、切割的我的繭身？一年前，颱風剛過，戀情破滅，我在關山觀景台邂逅的絕色。

想問年輕女生：妳是在擔心身體？還是血肉之軀擔不住的脆弱的心？不敢問她：害怕從此看不見？不被看見？（去年初識時，她燦燦的笑靨發出唯有青春可解的大哉問：「好看的人是不是都有雙好看的眼睛？好看的眼睛應該欣賞美好的事物？」）

不能不問：「有沒有試過，在紅色信箋寫下藍色情書，會呈現出什麼色調？」
絕望的黑。粉藍迷霧化作深藍漩流，她斷斷續續的氣聲拼湊出一則情變的故事，緋紅色、這座城市最常見卻也最不尋常那種：真相在後，感覺先行；聽聞戀情幻滅（男友有了第三者）前的回家途中，她像先知般提前承受那毀天滅地的衝擊。之後呢？痛苦徵象揭曉後呢？她的語氣急切一如重回去年觀景台上的青春燦爛：「重見光明真好，恐懼、心悸、沉陷、崩毀的感覺忽然消失，事物的輪廓漸次浮現。我忍不住，不，是終於能夠放聲大哭，那一剎那……」那一剎那，一線黎白穿越我的視覺黑域。「風搖影動，鬼魅幢幢，都像是在對我微笑招手。雖然，我是最末一班公車上僅有的乘客……你願意……」

黑洞的盡頭，是一線生機的白洞？虛空一片的白夜？冰冷無垠的雪鄉？不著一色的茫白夢境，粒子無形，雪落無聲，（我懷疑漫天落英源自遠古大霹靂的一次光子放射，穿越宇宙長城、人類歷史，然後像枚失控的變速球，無心墜入我散光的瞳中，激起漣波蕩漾。）憂傷凝視寂然天地，這蒼白陰鬱的冰原，就是我的老友啟程前往的地方？忽忽閃閃的極光，捉摸不透，難以盡參，極目遠方，極白盡頭的極黑地平線，佇著一具斑斕蜃影，用他一貫的調笑口吻說：「見光是光？不是光？發光沾光偷光花光脫光看光曝光走光星光日光。你覺得梵谷繪出了梵音的深谷？還是鎘黃鋅白的千古梵唱？」

「滿天亂紫混著一抹啼血般的鎘紅？」還有朱砂紅胭脂紅寶石火焰紅珊瑚紅馬間塔失戀紅初夜紅和你老兄映著霞光的「落紅」？老友淚眼覷望我忘情訴說關山夕照時的詰問：「梵谷的天空？你想到充塞在橋樑、運河、向日葵的光子現象？名畫《星夜》裡那輪發光漩渦？也許，你看見天堂的顏色……如果有一天，世界愈來愈暗，光波愈來愈短……」

一個月前，遠遊歸來的他專程向我「辭行」，「你老說普魯斯特式的追憶是一種藍色迴旋，在全藍的房間、帷帳裡。我寧願追日或偷光，當一名『黃帝』……」他的目光閃爍，周身籠罩著色光漸層，像經過厚塗畫法的顏料加工。「什麼時候？呵呵，當紅移停止，宇宙色彩變得絕對而專一……一年前就發現是腸癌末期了。」

「我是最末一班車僅有的乘客，就算直達陰間遊地府，也不是那麼害怕了。」

年輕生命的領悟，像一束回春動力光穿透我的寤寐輾轉，不能助我悟昧，只能回魂。「如果宇宙人間再也沒有光，你的目光要印證什麼？」回望透明壁彼端的夢域，一個月前老友的回聲清亮如湛藍之鏡：「你想要發現光？發出光？」

《聖經舊約》記載，上帝命為：「要有光」，光就出現。宇宙中的黑暗物質橫生遍布（多達百分之九十），既不吸光，也不發光，一種幽冥、闇黑的存在，不必「沾光」的永恆？回想夢中的詭異對比：我彳亍在銀白之境，很像黑白照片或早期默片裡的灰糊人物；一線之隔（山巒、雪原、時間和陰影交疊成無距離的時空壁）的遠方，光影錯落的邊境，我的老友，七彩的巨靈，笑瞇瞇對我頷首——窺視我的夢境？哀悼平面世界的我？欣賞我在荒謬劇的無聲戲碼？不，清醒瞬間的靈光一現：是不辨黑白（所以事業困頓）失去本色（於是耽溺失戀低潮）的我哀哀睖視彩色大銀幕活色生香的演出。

「如果我們才是影片中的人物，天空的背後，異度時空——一個非黑即白的異域——的單色人們正全神欣賞彩色你我的琉璃閃變……」一年前的他語藏玄機：「……光波愈來愈短，如果只剩下一種夕照，一個夜晚……你會為我點燈嗎？」

長久以來，這位老友偏愛暖色調的檸檬黃，鈷黃或黃色電影。黃色渦輪有股推廓外延的氣勢，像擴張的宇宙；冷藍色同心圓則呈現內縮、退行的崩陷感。「像末日來臨的大崩墜，眾星殞滅，光芒盡失，你的男性本色一去不返，畢卡索一頭栽進暗淡失意的藍色時期……紅移停止，宇宙色彩變得絕對而專一；藍端，綿延光譜的異端，天橋的盡頭，唯一真實的宇宙容顏……你以為看見天堂的顏色，只是，見光是光……」

只是，正黃吃不下暗灰，深藍則包容黑無，像鐘聲吞噬寂靜：不只是靜，也是淨，黑與無的純淨。年輕女生的生命隱喻是被黑暗點亮，黑色地平線彼端，我的老友的螢眸（像求偶蟲子的尾端那樣閃亮，「藍波」般的氣概），想要暗示我什麼？

「我本無色，空透無明，即使在冰河雪地依舊保有我的光。」夢中的我努力翻修回憶的成色：「不是內縮倒退，而是超越躍脫。也是冰火同極的『絕色』：從白天的極淡之藍到深夜的藍黑，從最愛到至痛，就像我的目光連結最亮的日光和最暗的星芒。就像默片的夜景是在白天拍攝。無關生滅，也許只是意識的環帶、字句的縐褶、乍現的春光……」

「美好的眼睛真的看什麼都美好？你願意……再陪我看一回關山夕照？或日

出？」囁嚅一問，電話裡的女聲像一枚外冷內熱的藍色星球。

一年前的觀景台上，無意邂逅的年輕女生像一幅關不住的風景畫；泛著紫焰的瞳光，趨向無垠的漸近線……

「我眼中的世界不一定美好，但我永遠看好生命。」想這麼回答自己。不得不回應女生。不能不回望黑暗星系的故友。

「見光是光？見光不是光？是不可見光？」銀輝爍爍的弧形天際線，我的老友像恆星般對我眨眼——那一瞬間，我驚見虛形黑影的自己開始易容變色，像白紙上線條初成，正待上妝的人形，馬雅藍、碧琉璃、肉桂紅、櫻草黃、古銅綠……老友化身牛頓的稜鏡，將白光折射為眾彩；也如巴黎聖母院大教堂的薔薇窗，切割時光，鑲嵌錦簇，將我變輕變快變涼變深變軟變厚變亮變熱……

漸熱漸亮的煙藍天空，燦燦升起極地解凍時的瑩瑩藍日。

車禍

血瀑般的暗影轟然而來。不容眨眼，不及閃避，朗朗乾坤翻成緋寒赤煉的異景。迎面衝撞的瞬間——

驚叫之餘，他瞥見照後鏡裡駕駛座上的她身不動，頭不偏，雙手轉盤如穩練舵手；只有唇線微揚，投來一抹難以辨識的陌生笑意，而他全然不見她的眼神。

紅色貨車沿著鏡玻璃的弧面迤邐而去，也遁進另一方幽邃無底的深藍世界——她的太陽眼鏡。他睖著她，或者說，鏡片上浮屍般的掠影，再轉頭確認如紅光消逝的貨車背影，只瞧見亮著車燈尾隨而來的黑頭車。

「怎麼了？撞鬼了嗎？」方向盤上紫焰灼灼，十枚紺紫色花瓣，撩動巫覡樂曲。「要撞，也該由我來撞，不是嗎？」

「開慢點，這裡是山路……」他不能確定，剛才的驚險畫面，是她急轉而與對車擦肩而過？對撞一瞬，對方倏忽消失？或者，根本沒有來車，他的驚嚇純屬幻覺？

「怕什麼？我已經到過鬼門關一次，難道怕再死一回？」從容的口吻，是他不曾見識的自信。「你不是叫我『飛回台北』，說你等不及要和我瘋狂做愛？不是喜歡刺激？」

刺激？刺探激起了漣漪？還是海嘯？心電圖上忽升陡降，腦波圖裡狂沙驟雪——病床上靜如止水的她，正在經歷異域幽冥的風暴？大難不死必有「後伏」：從面目全非送進醫院，到奇蹟般快速復原；從「淈溢」之戚到重獲完好未婚妻……和諧交響樂中一枚扞插休止符，一記伏筆，揭開變奏的序曲。

完好，卻不再如初。從怯懦到強悍，保守到大膽——這個說法太粗略，應該說，他覺得自己像誤闖驚悚片場的A片男主角；從倚賴被動變成神秘多變，難以掌握。此一翻變，來自醫療奇蹟？「求求你們！一定要治好她。」糾葛心情換來的神奇效應？

禍從車起。一開始就不該答應方向盲的她買下殘花敗蕊般的中古車——紅身黑篷，曲線流瀉，狂野恣肆，一股崩壞的風情。網路上乍見一瞬，只覺背脊發寒，來不及釐清忐忑，意外已經降臨：神智清醒的她竟以高速衝撞對向卡車。車身幾乎全毀，她也險些當場斃命。負責急救的醫護人員說，奄奄一息的她不驚慌也不哭叫，神情鎮定，嘴角上揚，喃喃吐出模糊破碎的話語……

「妳說什麼？」他瞄著鏡裡的她，一個大彎轉，失重撞向車門，神魂未定，又一個回彎，他的臉鼻幾乎貼上方向盤，視線正對著極短迷你裙包覆不住的雪腿，一渦冷冽熱流莫名竄起，在崎嶇思維、幽邃本能間彎繞。

「你不喜歡嗎？」聲音疊著聲音，恍惚間的耳鳴？橢圓空間的回聲？「如果不喜歡？怎會背著我腳踏多條船？」不對勁，她的咬字發音，怎麼聽都不對勁。

「那裡是多條船，只有一人而已。我本就打算在婚前了結這件事，妳不相信我？」右手小指摳挖左耳溝，瞥著她渦流般的指尖，耳谷內鏗響迴旋，像是有人狂敲耳門，貼著耳瓣尖叫。搖搖頭，再敲敲太陽穴，耳鳴問題愈來愈嚴重，混聲，疊影，多重知覺，連環圖象……如何解釋所見異象：趕到車禍現場時目睹的慘狀？怎麼回應耳內門鈴：亂調裡千絲萬縷的窒息感？

「……婚前症候群——被束縛的恐懼感。」記者朋友小B的分析：「你害怕改變，人、事、物的變化，會讓你猶疑不安。可是，驚逢劇變，那場你稱之為『邪門』的車禍，又將你的逃避轉化為愧疚，彷彿，逃離婚姻的心就是棄她於生死交關而不顧。是不是呢？」

說得真好。那王八蛋為什麼不去當什麼心理諮商師？只是，關於她的愛車來歷，小B壓低音量，用發現藝人性愛光碟的神情說：「那台車曾在數年前橫衝直撞，引發高速公路連環車禍，轟動一時，你還記得……」

「在我的記憶裡，不只一人唷！」啾啾性感之門，紅吸盤在微鼓的腮幫子裡翻動，迸出幽怨尖音：「打從一開始，我就知道有鬼。你曾在我的生日私會其它女人，在情人節趕場；我出院那晚，你偷偷帶野女人回家，對不對？」

「哇！你老兄艷福不淺。那天我去找你，見你挽個女人回家，背後還跟著一位，短髮俏麗，應該也是美女，可惜看不見花容。你喜歡玩三P嗎？對了，你的狀況叫做婚前……」他忽然想到小B的調笑。只是，背後跟著一個？我什麼時候幹過這檔子事？

「哪有這回事？老是疑心生暗鬼。」誤入鼠籠的吱吱哀響：「為什麼不相信我，而要跟蹤我呢？出院後，妳每天查我的手機、簡訊、伊媚兒和發票，有過什麼異樣嗎？」

「我哪有跟蹤你？你刪掉我的號碼、留言、文字，抹消我的一切。史隊長問你我的事，你不是避重就輕，就是瞎掰造謠。你想擺脫我，根本就不希望我回來，對不對？」

「你還記得那場車禍吧？二十幾部車追撞成一團，三死十九傷，禍首是位失戀女車主，含淚上路，飆到二百多公里，飛越分隔島，與對向卡車相撞——人，香消玉殞，但車子只是局部損壞。我們討論過這則新聞，重點在車不在人。你的未婚妻怎會買到這輛凶車？會不會是……」小B又擺出大法師的神情，忽而擠眉弄眼，忽而瞠目吐舌。

「為什麼不連這輛車也賣了？反正我又不會阻止你，一切都是聽你的。那天要不是聽你的話，我也不會險些體無完膚。」怨怒稍平，變成撒嬌口吻：「當初買車也不全然是我的主意，我雖然對她一見鍾情，你也同意的，不是嗎？」紺紫柔荑輕拍殷紅覆皮紋線圖飾的方向盤，像愛撫？還是自慰？一個恍神，他發現自己的指掌正蔓向她的大腿內側，挲摩撩捏，點燃一整座彈藥庫的欲火。

又是一個接近一百八十度的迴彎，後視鏡浮出一線黑影——一直緊隨在後的黑色Audi。輕哼一聲，似沉醉若哀怨：「多久沒這樣摸我了？你的鹹豬手摸過多少個女人？」單手轉盤，馬戲團單輪單車走鋼絲的表演，車身劇晃，左傾右斜，似將翻落山谷。他想將手抽回，卻夾陷在兩腿間，一枚落楓，不，是楓丹掩飾不住蒼白的小手掩覆著青筋浮凸的手背，而腕痕如繩索。他在冰寒的溫存裡聆聽她的戀人絮語：「『執子之手，與子偕老。』過去你給我的謊言，今後我還你的承諾。」揚起玉臂清輝：「每一道朱痕都是我的誓言。你用最快速度修好我們的愛車，還答應帶我遠走高飛，雖然我知道你從未將我當作『淈溢之妻』……」

「你應該打聽清楚再買給她；如果打算逃婚，而她終究成為『失戀的女人』。小心哪！陰魂不散的原車主，糾纏不休的……結果呢？慘劇再度發生，你竟然還把車留著，我真佩服你的膽量。這段日子，你發現到什麼異常，或者說，靈異現象？」三天前小B的聲音，接上一周前史隊長的質問：「你真的關心她？據我所知，你左擁右抱，風流成性，最近又搞上某知名企業的千金……」

話尾如絲，沿山路、順時流，結繭吐韻，連綿成詞：「不論如何，我們終究是在一起了，永遠，永遠，在一起。」挽起他的手，探向紅紫彩亮的髮尾，薄削的短匕，一劍穿心，帶電的針鋒傳輸魂靈密碼：「那賤人離開你，是她沒眼光；男人也不是看上她，而是她老爸的錢。」

「妳知道？……」收回刺痛的手，扯下太陽眼鏡，卻揮不去史隊長咄咄逼人的詞鋒：「我知道你一直想甩掉糾纏不休的未婚妻，可惜啊！車禍後不久，你的新歡就甩掉你，也許你認為是你甩掉她……」

後視鏡裡鑲著陰紅瑩藍的雙瞳，兩極發光體，一眨不眨瞠著歧路蜿蜒的遠方。「不要緊張。你真正的目的是與我私奔，擺脫那位史隊長的糾纏，對不對？」是啊！一小時前匆匆打開車門，赫見她盤踞駕駛座，對面色慘白的他嫣然一笑：「準備帶我遠走高飛了嗎？」。「其實，我早就原諒你了，大家也都看見你的改變。從你接我出院那天開始，我知道你不會離開我了。你沒事吧？」

「我看到你的變化，卻有些看不懂。怎麼說呢……驚逢劇變……將你的逃避轉化為愧疚……」小B的聲音混入他的意識亂流：「新歡不再，愧疚又轉成戀舊，你不想再棄她不顧，而這執念深化為某種儀式——強迫性行為，讓你不安的真正原因：害怕那不安又不能失去那恐懼。如果我沒猜錯，你身上的香味，不是來自其它女人……」

「我早說過了，調查我沒有用，這世上我只愛她一人。你看不出我對她的關心？」險些聲淚俱下的抗議。

「你真的關心她？」一抹極為輕蔑的冷笑：「……省去『偽裝』吧！我一眼就能看出你的真面目。」一種洞悉世情的瞅覷。

「你的眼睛紅得像紐西蘭極品櫻桃，是憂傷還是縱欲過度？」小B皺眉不解的神情：「你還好吧？有位自稱『史隊長』的條子來找我，詢問你的事，語氣不善，你最好避一避……」

「沒事！見妳回來，其他事情就不重要了。小心！」轟然而至的紅色暗影，他捉著她的手，不，是她握著他的手猛轉方向盤，不是橫向，而竟是垂直避開來車。等等！眼前的山巒、彎道、路標、景觀似曾相識，朱紅的卡車，鮮血飛濺的異象，不就是初上山時……畫面翻轉，倏忽回到車禍現場：她和愛車坍陷在龐碩紅貨櫃的巨輪下，宛如，暮紫原野的一枚櫻瓣，紅衣上吊女子眼角的一凝血淚。救護人員說：「……神情鎮定，嘴角上揚……汩汩不止的血水浸染著紅衣紅裙……」「我知道你懷著愧疚，甚至心疼我。」鏡中人幽幽接口：「那天回程接到你的急電，要我飛回台北，加速瞬間我就知道不對了。我不怪你，我說過R『至死不渝愛你……』知道嗎？那天我剪掉長髮，穿上從未嚐試的極短迷你裙，一身覆盆子裝，是因有種聲音告訴我：你會重新愛上這樣的我。」

地轉。天旋。當年連環車禍的網路畫面，接上心電腦波圖的暴動，又轉成病床上巧笑的她緊挽他的手，輕聲說……說什麼呢？「你這個玩車高手兼情場老手還不明白？想要甩脫一個女人，不只是離開她的身體；不像賣車，只要脫手就可以脫身。」小B的警告聲。「我查到她出事前接到一通電話，是你的號碼……」史隊長的威嚇聲。嗝動不止的唇，血浪淹漫了聲波……又一道劇彎，車身飛越安全島，直衝對向卡車，他驚叫一聲，急踩剎車，卻如雲端踏空，夢中猛然墜落的失重感。

車停。乾坤頓止。

「貨車，……那輛紅色……」他的嘴，苦澀喉腔，嚅張成空洞符號。

「消失不見重又出現，是嗎？你不是喜歡刺激？如果不喜歡？怎會背著我腳踏多條船？」是他聽錯？還是她唸錯？「背」字聽起來像「杯」。「有沒有想過，也許消失的是我們？」

她的回答，不，是他的回聲。空山不見人，但聞人語響的心音腹語。叩叩的玻璃敲擊聲。愕然轉頭，搖下車窗，一尊怒目金剛，擋在夢域關口。兩名大漢橫左阻右。黑轎車則像蹲伏的獸，守住後路。

「想逃到哪裡去？」開門見山的詰問：「我說過，再怎麼偽裝、易容，都不能掩飾你的罪行。」

「沒有……我們不是……」粗啞喉聲裡混著尖音。

「我們？」老警察精亮的眼瞳露出一絲狐疑。「打從一開始我就知道有鬼：你刻意幫未婚妻買下凶車，我們查過你的電腦記錄，那台車是你而非她挑選的，利用先前的車禍背景『製造』靈異車禍——至少希望外界朝靈異方向解釋。我一直好奇，你為什麼急著修好正常人避之不及的凶車？哈！原來是要湮滅證據。保養廠的人發現剎車器曾『故障』，我認為是被人巧妙動了手腳——尋常車速不見異樣，唯有高速行駛猛踩剎車時才會……而你正是能組裝車體的超級玩家，不是嗎？」

「你不是要我飛回……瘋狂做愛合為一體？」

妳說什麼？

「你說什麼？」史隊長伸長脖子望向他失神凝睇的鏡面。「我查過你們的通聯記錄，她出事前曾接到一通電話，你打給她的要命來電。更要命的是，她不久前才將保險受益人改成你的名字，你不會不知道吧？你刻意低調，不急著申請理賠，以為可以瞞天過海？」

「保險受益人？什麼意思？」出事前一晚，他虛應著纏黏索愛的她，抑不住滿腔興奮。回話的卻是此刻身旁的蜃影：「還記得我對你說：『你是我最後的依靠了，不要離開我。』」病床上的她握緊他的手，語調是一種雪融為泥：「要錢，要人，我都是你的……至死不渝愛你，死後還是愛你。」

蝕骨透魄的冷。渾身哆嗦的他蹭向斷屍殘骸，遍地血禍。妳說什麼？「……奄奄一息的她嘴角上揚，喃喃吐出……」救護人員也為之震懾，掩面低語：「我要回去！他要我回去！」星火爆出漫天彩焰，那微幽呼聲從此盤旋耳蝸，自說自答的轟然情話。

「你的朋友小B說你變得怪異：舉止違常，自言自語，還割傷自己。你無緣的新歡也不了解你：障礙消除後，竟尖聲尖氣叫她滾蛋，不要糾纏你。我雖認定你始亂終棄，謀財害命，但也有不懂的地方。」老警探一眨不眨瞪著他臉上的風暴沙雪，彷彿想揪出變臉戲法的破綻。「在她蓋上白布時，你為什麼一直說：回家吧！我們一齊回家？還哀求修補屍體的人治好她？小B說你的逃避心理轉化為愧疚，我認為是用罪惡感掩飾殺機。你保留她的一切，陳涠溢先生，我不相信你的鼓盆之戚。只是，為什麼，化濃妝、灑香水，穿上她死亡車禍的衣著，模仿女人的聲調說話？」

垂首。血色羅裙包覆不住粗壯多毛的男性大腿，緊繃的裙緣正在開裂。箍死泛白的指節盡頭，閃跳凍人紫焰。低頭，再低頭，腕上新傷糾葛綑縛，隱隱汨現，赤色流沙。

鏡中人唇線微揚，眼波如釅，兩道殷痕自眼角纏錯處滑落……

赤尾鮐

一朝被蛇咬，十年怕女人。

「應該是怕草繩吧？我在說蛇，你在說什麼？」

是啊，朋友正在傾訴他的痛苦（可憐的他，端午節後，就頻頻遭蛇吻），我怎麼可以任意移植他人的災難，轉喻成自己的不幸。

「是啊，一朝被蛇咬不算什麼。」我清清喉嚨，忍住笑：「一年之內被蛇咬十次才可憐。」

「別幸災樂禍了，你看，」朋友挽起袖子，撩起褲管，露出手肘、虎口、腳踝、小腿肚的咬痕：「這裡，這裡，還有這裡，大拇指、腳背還有，真是衰透了。我既不上山『拈花』，也不進叢『惹草』，坐在家裡都會被咬，真是的。」

忍不住嘖嘖稱奇，從春末到夏初，住在大溪半山腰的他被咬了七次（而且種類遍及青竹絲、雨傘節、龜殼花……），加上清明前那三回，朋友真的可以上金氏世界紀錄了。

那些深刻的齒痕，毒牙溫柔吻過皮膚的瞬間，或刺或麻，抽搐的手掌開出兩朵罌粟，像兩口血滴子。如果在我身上，應該是耳垂、頸後、鼻頭、肚臍眼周邊的桃花印子？還是心口上的硃砂痣？

不曉得，差不多已經不記得那種滋味了。

「什麼感覺？痛？刺？酸？麻？癢？」有點羨慕朋友（和每一位經常和「蛇蠍女人」纏綿咬嚙的男性朋友），不是為了留痕，而是他獨自享有別人無從體會的痛刺酸麻癢。

「這個複雜了，每一次被咬的感覺都不一樣。」

愛不可以重來，卻會不斷地重複。哪個王八蛋說的？

「被龜殼花咬到最痛，而且傷口會很快地腫脹、變大、發炎，人還會發燒，半小時內不注射血清，一根手指頭搞不好會腫得像條玉黍蜀。」

「腫脹、疼痛……」高潮、落寞、高潮後的落寞、落寞時的……

「喂！不要想歪，腫脹不是『勃起』，不要故意把龜殼唸成龜……」

搖搖頭：「雨傘節怎麼樣？黑白相間的雨傘節有沒有愛恨分明的性格？」

「你在說蛇嗎？」朋友瞪著我。

「對不起，我在說女人。」低下頭。繼續那種痛與快（卻合不成一個痛快）的聯想。

「剛好相反，被雨傘節咬到會害你的愛恨非常不分明。牠是台灣第二毒的蛇，毒發時沒什麼感覺，麻麻的，頭昏昏的，身體軟軟的……」

「果然夠毒，像談戀愛一樣。」

「沒錯，你這種神經病最適中這種『神經毒』。跟你講，不要以為那種感覺酥酥茫茫，不趕快看醫生，一條小命怎麼送掉的都不知道。被雨傘節咬的那次，我足足在醫院躺了三天。」

三天就痊癒？復元得滿快的。比我這個「冷血動物」還快。為什麼會有冷血的罵名？因為我雖然長時間處在無戀愛狀態，卻很少讓人看出「失戀的創傷」。女性朋友非常不能諒解我的「自我修復」能力。很多年前，有位主動離開我的女子在分手三個月後探詢我的狀況，結果讓她頗為震驚、憤怒，一口咬定是我拋棄了她，因為我沒有表現出使她滿意的失魂落魄的龜模樣。

「如果被雨傘節的表妹王蛇咬到，可能痛徹心扉，不過對身體無害，王蛇無毒。」

「王蛇？就是那種紅底，黑黃環紋相間的美洲毒蛇？」

「有毒的是珊瑚蛇。兩種蛇長得非常相像，應該說，無毒的王蛇為了生存而模仿珊瑚蛇的體色，結果造成一種生物學上的混淆；當蛇類的天敵碰到王蛇，誤以為是劇毒的珊瑚蛇而走避；相反地，有些笨傢伙遇上珊瑚蛇而不知危險，結果變成對方的獵物。」

「幸好台灣沒有這種……」

「你所遇上的每一個女人都可以分為有毒、無毒兩種。有毒的可能帶上無毒的面具，無毒的可能化了有毒的妝。問題是，你有沒有分辨的能力。」

「怎麼分辨？」

「很簡單，珊瑚蛇的色澤詭艷得害人抽筋。讓你驚艷的就是有毒的，或者，你讓她驚艷……」

「懂了。你就是那個明明有毒死人的本事卻常被毒啞、毒呆的笨傢伙。」

「讓你感受最深刻的是哪一次？」我嘆了口氣，低頭凝視咖啡杯裡的蛇影：「我不是指最痛、最麻這類感官，我是問你的感受？」

「你是說女人？」

「我在說蛇。」

「赤尾青竹絲，也就是赤尾鮐。那天我剛出門，正留意陰暗處的雨傘節、水溝裡的龜殼花，沒想到一條青竹絲從天而降，掉到我手上，在我發覺虎口被咬傷前，第一個印象是纏繞我的手指的青絲和紅尾……」

「你還記得被咬的情形？」

「完全想不起來，只記得那一眼的印象：五根手指頭纏滿了姻緣線和綠戒指。」糟糕，同樣單身的朋友好像感染了我的蛇毒：「可是，很快地，全身癱軟，視線一片模糊，分不清那是痛、還是麻。這就是赤尾鮐的厲害，她給你最驚心的一瞥，只有一瞬，卻教你永遠記得那種紅色的痛。」

餐廳的落地玻璃門旋開了。一身土耳其紅迷你裙的女子翩然降臨，珊瑚紅的高跟鞋劃出蜿蜒的蛇步。

兩個男人的眼神開始發直、發傻。

「那是意象的痛，而非觸覺的傷。像是情人在你的虎口留下傷心的胭脂，想到她，你的一顆心宛如浸泡在石榴紅的酒裡……」

極細極細的肩帶咬進肉桂皮膚裡。她抬高下巴，朱唇像是抹了一曾鎘，滑過我們的桌邊，繞出一渦渦酷似覆盆子的香氣，以及，由蛇腰到豐臀，小小一截不滿足的曲線。

唉，和夕照平行的紅線，代表正在消逝，長和低頻率的光。

「你在說女人？蛇蠍女子？」朋友嚥了嚥口水，目光分叉如曖昧的舌信。

「我在說蛇。比女人更女人的赤尾青竹絲。」

洛麗塔

雙魚年的春天，一個燠悶得快要將人蒸發的午後，剛步出教室（猶沉浸在文學高潮）的我突然被人攔腰截住（真的是攔腰一抱）：「老師，可以問你一個課外問題嗎？」無邪的眼睛，草莓嫩的嘴唇，認真的蹙眉表情，以及，眼瞳深處正在冒煙的我。

「呃……什麼問題？」不太妙的直覺。

「你會喜歡比你小二十幾歲的女人嗎？」

比我小二十幾歲的「女人」？我有這麼老嗎？「為什麼這麼問？」我開始環左顧右了。

「因為那個女人喜歡你。」直勾勾的瞪視，認真的蹙眉表情，我開始閃避妳的眼神。

那個「女人」不滿十四歲，而我已逼近坐懷大亂的中年四十，年漸老色未衰的半山腰的年歲。

半山腰的高度。半桶子的能量。半瓶水的智慧。看女人會臉臊，想女人會暈眩。更糗的是，在我耗盡青春年少終於搞清楚Libido是怎麼一回事的同時，我的Lilita像座冰山那樣逼近船舷。

洛麗塔，性感「青熟」——一種半青半紅的漸熟——的壞少女，蹲伏在「晚澀」男人情慾之窩的狡兔。納波科夫花甲之年才完成的「老不羞覬覦小可愛」的床頭故事，提前二十年應驗在未老先羞的我的身上，卻也延後四十年發生於這個城市的PUB、教室、心靈網路裡。「提前」是一種時間的弔詭：二十年的差別，決定了不同的位格，主格變成受格，我還來不及變出一張（道德、良心默許下）面對洛麗塔的臉，已經成為小妮子初探情慾的對象。我的臉色，是不是一種半紅半青的漸熟？（馬奎斯的形容是「又醜又賤」，當他對飛機鄰座的睡美人懷著半自瀆半自傷的性幻想……）

「為什麼呢？我有潛伏的戀童癖嗎？」我半自嘲半自豪問妳，音不變氣不喘，用我一貫的肢體語言。

「誰教你……」妳比洛麗塔更壞，忍著，悶著，半哼不嗯，很久很久才接下一句：「到……處……亂……放……電……」

「我沒有……」說不下去了。集中精神運用文學想像抵抗妳的波濤。瞬間收縮的瞳。快速擴散的咖啡奶油。衝向天空的螺旋水柱。愈來愈窄的旋繞……不行了，想像力四崩五裂，接不下去了。

「不要搖頭，不要低頭假裝無辜。」妳又打蛇隨棍上了，用妳細毛茸的貓爪：「我知道妳不喜歡ＰＵＢ裡的辣妹。能誘姦你的是那種裝模作樣，有點文藝腔的小女人。你會訓練她穿水手服，或將臀部裹得密實緊繃的小短裙，小白襪，噢，不對，你對白色幾近變態的偏好不在襪子……」不只如此，妳還用上老虎鉗的親吻，捕獸夾的擁抱。

我的男性朋友，那些事業小成、婚姻慘敗的中古淫棍比較熱衷這類「訓練」：用「援助交際」的模式，日本ＡＶ大賞的劇情，馴養從不裝模作樣大膽有理的小寵兔。他們不是馬奎斯，因為不夠自憐，不懂無能為力的美妙感受。也非納波科夫筆下的亨伯特，為防止洛麗塔「長大」而殺人，只想調教小妮子殺害自己的子孫。他們也不是我。

「怎麼不是你？有你才有洛麗塔。」妳的細瞳蒙上不可捉摸的月暈：「有你就有洛麗塔。如果我從此消失……」

我也不是納波科夫或《LEON》的殺手尚雷諾：為了狡猾、任性、優雅，誘他上床未遂的十一歲小大人而沉溺，而恍惚，而做出自殺行為。桃花年的春天，十四歲小女人既不故作優雅，也不動用噴霧或馬賽克，而是以最原始的一擊，劈開我的玫瑰色夢境。很像布袋戲的美麗女殺手盼夢圓：神魚後代，雙魚座，十二歲，豐腴成熟如火山的身體裡藏著年輕的岩漿靈魂，她冷酷的揮刀，男人立刻熱情斷頭回應。在「血海深仇」中提前長大的女子，總是自動延後「慾海深情」的青春期。時間的弔詭。但和年齡無關。

唉，我的女人，三十歲的洛麗塔，美麗、狡邪的連體嬰。妳說十三歲那年就覺得自己飽經滄桑了，三十歲以後只想帶給男人曾經滄桑的滋味。妳想提前我的老年悲哀，還是延長我的少年衝動？

雙魚年的春天，我對洛麗塔說：「再長一歲，妳就不愛我了。」

「為什麼？」無辜的眼神比無邪更誘惑。

「當妳長到十五歲，不再是『洛麗塔』，妳會猛然發現老師已五十多了。」

或許，洛麗塔的一歲是我的十五年。十五年後，下一個妳重現眼前（年輕身體藏著成熟靈魂？）無邪地瞪視邪惡的老師，我該如何撥算當年的妳留下的時間迷霧：「如果我從此消失，你永遠找不到我。」捕獸夾的感覺像腰斬。「十五年後，一位你很眼熟但素未謀面的小女生走到你面前，直勾勾望著你，她知道你是誰，她不知道你的她是誰，你會怎麼樣？怎麼樣？」

黑木瞳

「股間誘惑還是眉眼風情？女人最吸引你的地方？」

我知道你想談《失樂園》裡的黑木瞳。想到女人的「黑目」，就覺得自己的眼珠變成了球形仙人掌：乾澀、刺痛、荒涼。

「你不承認嗎？『黑木瞳』已經變成一種圖騰，你們這些性苦悶、性不滿足、不安於室、有色無膽或有膽無能男人眼中『理想情婦』的象徵？」

也許她說對！在日本，《失樂園》吸引數百萬人潮，冒著風雪，大排長龍，眼睛如融化的冰淇淋，爭睹那齣由中年身體勾起年少情懷的不倫之戀。在台灣，不必看票房，我周圍的男性已婚朋友，早在進入中年前就急著尋找生命中「失落的」黑木瞳，好像科學家杜撰侏儸紀。

「好想談戀愛」是他們每個月平均發作兩次的宿疾，比女人的經期還短。（同為男人的我覺得滿丟臉的）不過，我自己也是「好想看漫畫」，「啊！兩天沒看布袋戲，好憂鬱、好傷心。」（其實，我最常說的是「不行了，快要枯竭了，好想不要寫這種垃圾文章了……」）

「亦正亦邪，靜謐內藏著痴狂，端莊包裹淫蕩，老實說，這種女人你不想要？」

「不過，黑木瞳千萬不要內衣外穿，不能翻出黑瞳背後的白眼，」故作幽默，用嬉笑掩飾慾望：「我的意思是說，千萬千萬不要用淫蕩包裝端莊。我真真正正的意思是說，如果一個女人不懂真正的『淫蕩』，麻煩她務必擺出端莊的樣子來。」

「喂，你真是個BAD OLD BOY，你在罵台灣的女人。」

不得不承認，黑木瞳是「松原凜子」的不二人選。我的男性友人們看到銀幕上的她，以及她身上那位「不比我們帥」（我看到的是，床功真的不怎麼樣）的役所廣司，心中那根情欲的大樹瞬間燒成了黑木頭。聽說，台灣有些名女人真的剪了短短薄薄的「黑木頭」，凜子的髮型。

「說吧，黑木瞳哪裡吸引你？」

我只看到瞳。黑精靈之瞳，層層向內推廓如逆向漣漪之瞳，那種年齡不該有的年輕，愈往內層愈年輕。層層劈開千年古木的渦狀閃電。

一直以為，電影前半段夾雜在彩色畫面裡的黑白蒙太奇是黑瞳裡的白漠，情慾瀑布後的冷岩，是感官如此貼近夢幻如純白逼近了雪的踏雪無痕，一種恍惚，死生高潮瞬間假回憶之名的癲癇……（而萬萬不能是小針攝影偷拍），結果我想的都不是，我想不是的都是。唉！好憂鬱、好傷心。

「唉！死在高潮瞬間是什麼感覺？」我的男性朋友如此讚歎。

「你是想要高潮的滋味，還是死的感覺？」有點納悶望著同年齡的他，他們到底想美化激情？還是激化外遇，讓那種終極情境成為可望而不可及的情慾胡蘿蔔？我的意思是說，他們即使不斷外遇，也嚐不出黑木瞳的滋味，我真真正正的意思是說，如果一個男人不懂邪惡，麻煩他務必擺「不能」的樣子來。別鬧了！如果做愛和死亡合而為一才叫做高潮，我早就是個前科累累的殺人犯了，而且還是一屍數殺。

「我知道你有嚴重的『反外遇情節』，可是，會吸引你以及被你吸引的恐怕都是想要外遇的女人，張先生，請問你怎麼辨？」好銳利的閃電，把我劈成兩半。

「當你看見一株參天巨樹，會不會想知道她還是胚苗時的樣子？不，應該說妳想不想去觸碰巨大樹幹裡的胚苗？」

「你說什麼？」你笑了。笑瞳如一池吹皺的湖水。

沒錯了，年輪。女人的瞳藏著年輪，水做的年輪，木質的波紋，層層翻湧，互相激盪，層層向內推廓，每一層就是一種女人，成熟、青澀、嫵媚、憔悴，愈向內層愈年輕，那漩渦底部的圓心，一具成熟女體的孩子的眼神，男人啊，你找到你的黑木瞳女人了嗎？

不是怒目相向的眼白，不是虛情假意的秋波，不是含情脈脈的凝眸，只有在高潮瞬間才浮現的女人年輪：藏不住的心靈年歲，遮掩不了的滄桑過往，而所有的傷痛滄桑，只為這一刻你帶給她的高潮滋味，所以我從來就不准女人做愛時閉上眼。

不要放鬆，不要以為女人只需要一次高潮，唯有在她體內製造一波接一波的瘋狗浪，後潮推湧前潮，前浪反捲後浪，更強更大的海嘯緊迫而來，將她捲離現實，離開床和自己的身體，像無重量的雪無限逼近了無垠的白……

可惜，我這個弄潮兒，懵然不知關於女人的潮的滋味。只能想像。

「喂！不要發呆偷笑，如果有那種女人勾引你怎麼辦？」

好想看妳的瞳。好想好想。

未挽救自己的沉溺，只好硬掰一個笑話：「警告天下男士，遇上黑木瞳，請務必擦亮你的白馬眼。」

「你說什麼？」我知道妳聽懂了。

「妳不知道嗎？黑木瞳緊接著又在舊片重拍的《感官世界》飾演那位讓人頭皮發麻的SADA……」不好笑，一點也不好笑。

「怎麼樣呢？」

「妳不知道那部電影的『結尾』發生了什麼事？」

雜交柳

「想和一個女人性交前，得先搞清楚她的性別。」朋友的玩笑話，也是一場戀情破碎的傷心告白。

聽完他的故事，我偷偷在他意中人額頭上貼了張標籤——雜交柳女子。

雜交？很濫情、複雜？錯了，這種女人很單純，不見得專情，但肯定不給垂涎她們的男人（譬如說朋友，譬如說我）亂搞的機會，而且，更糟的事，她們很迷人。迷亂好男人，也迷惑壞男人。

「雜交柳？那是什麼？」

「水柳和水社柳雜交下的稀有植物，只有雌株，沒有雄株，只會開花不會結果，無法繁殖下一代，典型的『絕代』佳人。就像驢和馬交配而生下騾……從某種意義上來看，她們的『絕』在於絕情、絕欲、絕子、絕孫，在男人眼中，她們的名字叫做絕色。」

她們的專長是不自覺地迷惑男人，她們自己也有迷惘的時候——迷戀女人（哎，明明是女人的外表，卻自以為擁有男性的靈魂，真是糟糕。）這年頭，性別認同可是比性交流困難得多；和一位女子「靈交」也絕對比和她性交麻煩得多，而且，不會有「結果」。

雜交柳女子是混亂社會和迷亂情慾交媾下的女性新品種。

「交什麼媾？混什麼亂？你又在呢喃什麼？告訴你，小張，能幹到這種女人的身體就好了，我才不管她的靈魂有多亂。」

可憐的朋友，三個月前認識了這位尤物中的尤物，像吸嗎啡般掉進假鳳虛凰的情色幻境裡。她當然知道對手是男人，也懂得怎麼對付男人。（老天，第一次接觸她的眼神，我震驚難受得不能自己，那種一撇一睞就搞亂你的內分泌的狐媚之眼，使我困惑——因為無心，所以才有那種勾魂攝魄的力量？）可憐的是，所有被她「擺平」的男人都不知道怎麼對付她，或者說，永遠搞不清楚被她看上或看不上的理由。

「你應該先檢討自己，誰叫你條件太差。」我故意拿個經常自嘲的理由來損他。

苦笑，俊秀的臉頰綻放兩朵醉渦子。

的確，朋友的「條子」和「配件」真的不怎麼樣——身高只有一八〇，比喬丹矮多了，怎麼看都缺少壞小子羅德曼的壞氣質，臉皮又比皮朋還緊、還薄，這種貨色，妳如何期待他扮演一匹種馬或公牛？

何況，她的眼裡可能根本沒有飛人、大鳥什麼的，只有莎巴提妮、女金剛、小水蟲。

「對男人沒興趣也就罷了。問題是，我和她居然還有一段臨床經驗……」

「哦？」太好了，又有八卦可以聽。

「你無法想像，我們這種百分百男人面臨那種顛鸞倒鳳情境的無力與無奈……」

「真的。雖然我無緣享受那種情境，真的很同情你……」只有夢境問題——疼憐我的老天爺，為什麼老是在夢中丟來銷魂蝕魄（偶而還可以瘦身）的女人，而不在現實生活裡賞我一個？

「喂！專心聽故事好嗎？我知道她有性別問題，可是她的問題改變不了我面對她的『問題』。她是那麼和藹可親，我就順便把她騙到家裡，聽聽音樂、喝喝小酒……」

「結果？」

結果出乎朋友預料的「順利」和鬱卒——他還沒搭上她的肩，她搶先一步捉著他的手，正反來回摳摸，好像他的綿綿大掌是纖纖玉指。

他想親她，卻被她閃過了唇，她溢滿了慾望的臉繞到他頸後，冰舌滑過他發涼的耳殼，銀色指甲的左手劃過他的胸肌，順勢解開他的衣扣，中指直探他的……

「懂了。」我忽然拍掌：「她把你當女人了。你苦練數十年的纍纍胸肌在她眼裡變成了波霸的乳房，喂！你有乳溝嗎？」

「不要鬧了，我很憂傷你知道嗎？不過，你怎麼那麼清楚那過程？她索性把我攤平在地毯上，上上下下撫摸，用男人的方式、男人的眼神，就是不理會我最需要被愛撫的地方，從頭到尾，不讓我動一下。事實上，我根本動彈不得，因為那時候我想哭……」

怎麼不明白，夢裡的女人就是這麼對待我。夢中的我一動不動，窺視那場春夢的我也動彈不得，想翻身、醒來亦辦不到。沒有身體，沒有實觸，沒有交流，我面對的是蜃影、假象，可是，幻生而來的感官、感覺卻是千真萬確，永誌不忘的。

「她比我先哭了，熱淚滴進我的肚臍，一直冷到骨髓。後來我才知道，面對女人，她和我一樣害羞，一樣放不開。我不知道她和女人的經驗，但我明白我和眼前這位『女人』不可能有未來了。唉！為什麼要先把自己『假鳳』一番，再將對方『虛凰』呢？後來她頻頻向我道歉，她說，令她難忘的另一位男子，比我更像女人，尤其是眼神……」

莫名的臉臊，我低頭不說話了。

能不能告訴朋友，早在三年前，我曾是雜交柳女子最「信賴、沒有攻擊性」的朋友（她的「攻擊性」卻教我逃避她整整三年）。雜交柳女子比我們這些迷情的男人更迷亂——有個雙性戀的父親，原為同性戀，經歷三次割腕終於「回復正常」的母親，她自己呢？還好，只有二次割腕記錄，四度送醫洗胃，還有，每三天吞下大半瓶抗憂鬱劑。

一遍遍聆聽她的悲情、畸戀，以及由她的「異常」喚醒的我的「變態」——最想幹（對不起，我極少使用這種字眼）她的一次，是她倒在自己的血泊裡，仰著脖子對我媚笑。紅臉、黑眸、地上、桌邊濺滿了正在逃竄的胭脂。我當然不能上。救護車來臨前，我只能一動不動、靜靜凝視她，她也用同樣眼神望我，看著看著就哭了：「為什麼呢？為什麼有這種靈魂的不是女人呢？」從那時起，她就變成夢中纏繞我，碰不到卻也甩不開的女人。

如果再過十年夢境依舊，我會真正敞開心胸，擁抱夢中女子；或許，關於愛與變態的最大可能性，在於不被允諾和永不實現，在於沉默與無為；也可能是，夢中那位「永恆的情人」根本不是雜交柳女子，她只是位目擊證人，見證了「她」——也就是「我」，這個內心最深處渴望被擁抱的男人——的存在。

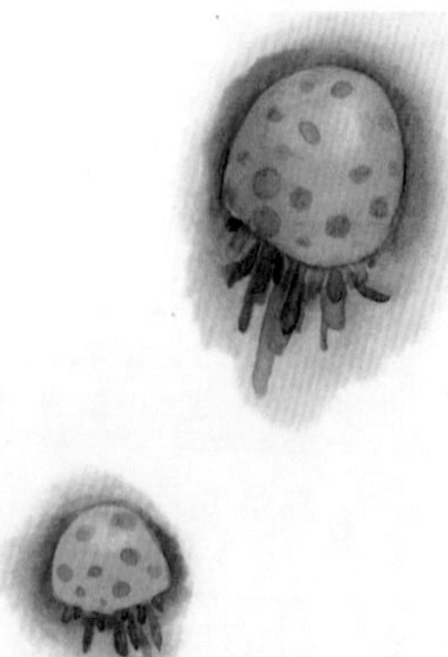

睡美男

只聽過男人做愛後呼呼鼾眠的模樣。很難想像，在辦事過程中忽然睡著的感覺。

失魂？入夢？幻覺幻知？深不可測的情色幻想？那是一種多巴胺系統失調、或安多芬分泌失敗的靈魂大撤兵？

有美男子之稱的他蹙眉說出這段離奇的經驗，神情卻像李白詩玉階怨的女主角，他白如凝脂的雙頰，綻放出兩朵紅玫瑰。

「那一瞬間，我好像不見了，在她的體內，消失不見。」問他「消失」的感覺，他說不出感覺，而女友時近時遠的叫床聲像夾道歡迎馬拉松選手的歡呼聲那樣證明他的存在和不在：他還在女友眼前，卻跑出自己的意識跑道。

「她知道你不見了嗎？」我想起青春期常做的那種一腳踏空的夢境，最熱切的纏綿擁有時最冷不防的失落，一陣風拂過積雪屋簷所喚起的突如其來的冷冽。

搖搖頭，他想說她不知道？還是他不可能知道她知不知道？我想到「愛一個女人」與「和女人做愛」的差異，「與她睡在一起」和「趁她歡愛時睡著」的不同，也許，想要逃走的不是肉體或靈魂，而是關係，美男子在百無聊賴無可遁逃的關係中選擇了猝睡症：一種形同猝死的睡遁。

我知道「睡美人」一直沒有消失，甚至從童話境泅游到人間世，從遠古來到現代，而且不再只是等待真命天子吻醒的女人，而是泛指沉睡時美若天使，清醒後面目可憎的男男女女，我不確定等待或不等待的執念將改變我們什麼，還是忍不住想像美男子的「睡相」：包藏在琥珀中的原蟲化石……

偉哥哥

「痿哥？尾割？割了尾巴還叫做哥嗎？」

「是偉哥。」妳聽出我語氣中的嘲諷，趕忙糾正我：「偉大的偉，大葛格的哥。不要故意唸錯，嗯，大葛格。」

我當然知道「大哥哥」的正確讀法及其象徵意義。很久很久以前，當我還是位「弟弟」時，有過一段「沒大沒小」、忽小忽大，錯愕的啟蒙經驗。

「抵敵想認識美眉嗎？」一位大姊姊（我其實想叫她阿姨）在我耳邊呢喃。

「姊姊有妹妹嗎？」我的脖子已經變紅變粗了。一分鐘後，大姊姊的喉嚨迸出一聲害我打哆嗦的顫音：「嗯，大抵敵生氣囉？」

「呃……嗯……，美眉在哪裡？」我的表情看起來一定很痛苦。挺著脖子望穿秋水的感覺真的很辛苦。

一刻鐘後，變成「葛格，小葛格，啊，親愛的葛格……」

一小時後，「噢！大葛格，我的偉哥哥，啊，噢，不行了，親愛的阿叔、阿伯……」

阿叔？阿伯？少不更事的我湧起一股曖昧的興奮感：再撐一下，搞不好她的「阿公」都來了。

還是不要吧，再這麼搞下去，她可能會叫我「把拔」，或將我的祖宗十八代輪流玩一遍。（試想，一具成熟女體內藏著一段唯有高潮瞬間才會復活的性創傷回憶，壓在箱底的私房故事，她以大膽冶艷的「姊姊」征服男人，卻在內室之內藏著一位青澀的、童年的，也是扭曲的、激情的「妹妹」……）

呃，嗯，那樣不好。真的很不好。

「什麼不好不行的，你又分心胡思亂想了。」

「我是說幹嘛自欺欺人叫什麼『偉哥』，只有『痿弟』才需要『偉哥』吧。」

Viagra，男性快樂丸，美國輝瑞藥廠研發的壯陽藥，有人說那是新世紀的福音，一日千里的高科技。我不確定它治好了多少男人的葛格或抵迪，那家藥廠的身價倒真是「一柱擎天」了：股價一飛沖天，成為美國製藥業的「大葛格」，據說，單是那薄薄一丸的年銷售額（四十億美元）是台積電全年總營收（十三億美元）的三倍以上。（天啊！世界上有這麼多「不快樂」的男人？）「你不害怕『失勢』嗎？」妳眨了狐狸眼，用「彊」將法：「你們男人不是最在乎這個？」妳想聽我這個蠢男人顧盼自雄的辯駁。

我想起一位女性朋友的性癖好：專挑短小、早洩、不舉的男人，不是喜歡男人的短和小，而是那背後的自卑、焦慮和猥瑣。男人的崩潰害她「勃起」。她喜歡「瞬間即逝」的匱乏感（「地久天長」只會讓她感到空洞），以及那種不滿足帶來的巨大的精神飽足，而那種永不饜足的肉體狀態於是成為追逐虛幻情慾的動力。匱乏使她心安。她樂於樂中做苦。

只要超過三分鐘，她就開始皺眉頭，好像你拿了根巨木衝撞她的紙門。過了半小時，她的眉歪了，嘴也斜了，可是身體漸漸緊縮，喉嚨深處咿咿啾啾，可是薄薄的唇還是咬成一道緊閉的線，彷彿享樂就是懲罰。再過一小時（如果，你有這種能力的話），她瘋狂絞緊、摳抓、撕扯你（彷彿懲罰你就是她的享樂），同時釋放出永不服輸的靈魂兇光：「不行，不行了…你…不要…得意…沒用…的…一…切都是⋯空⋯的⋯啊！好空洞⋯」

「喂！又露出那種壞壞的笑，你在得意什麼？」

得意？男人身上最容易膨脹的東西，不是胸肌或陽具，而是叫做「自我」的器官。就在我逞強鬥狠時，就在我這個傻鳥努力滿足一位好強女子的口是心非（她可以含著你的東西同時用喉音告訴你，她不屑那玩意時）；又或者，當我回想那一段以及任何一段而壞壞微笑時，我其實已變為一個自大男人而不自知。

「我在想，谷崎潤一郎的《鍵》裡，那位可愛的老教授，居然用偷窺、偷拍、慫恿老婆出軌，甚至強暴昏迷的愛妻，來喚起失落已久的激情。」

「應該說是可憐吧，年老色衰，無能又變態，這種男人，女人不會喜歡，只適合當偉哥哥『使用前』的活廣告。」

「是嗎？也許每一個男人和他的女人都『需藥』吧。也許每一個女人和她的男人，渴望的不是壯陽，而是激情，一種單純的欲望，不論做與不做，怎麼做，都不會扭曲的欲望。就像那一次⋯⋯」

差點說溜嘴。還是將柔軟的唇閉成遙不可及的回憶地平線。那個大汗淋漓的下午，我得意地攤在大姊姊的胸口，心裡直誇自己「好棒」。沒想她居然又探了探我的含羞草葉瓣：「怎麼弟弟變成老阿公了？」

「弟弟不是剛見過妹妹？」我打了個冷噤，女人真像書上所說：「情慾如汪洋，深不見底。」

「可是妹妹裡面還有個小妹妹，」她的眼神閃閃發亮，我知道，不是因為我這個抵敵的因素：「弟弟的小弟弟想不想見妹妹的小妹妹？」

哇！這齣初體驗的難度還真高，不只是因為她這位美眉的因素。而我恍惚愕然間彷彿有點明白為什麼抵敵一下子變成葛格，忽然又換成阿叔、阿伯，始終抵達不了敵境……

「我知道我和你沒有以後，沒有天長地久。但和你在一起就只想和你在一起。我留不住你。將來會有很多美眉喜歡你。只想讓你知道，每一個你喜歡的美眉都在我這裡，妹妹的裡面還有個小妹妹……」

三高男

「知道最讓人反胃的女人是哪一種？」朋友又在高談他的獵艷史：「自作聰明的，尤其是那種自以為將男人玩弄於股掌間，自己又放不開的女人。」

「玩弄於『股』『掌』之間？很好啊！讓她玩。」

「我不是這個意思。張大作家，你一定太久沒玩女人了，不知道女人壞起來有多壞。」

「哦……，可是，壞女人有什麼不好呢？」我一定擺出一副弱智的表情。

「你的表情像個只會送花給女人的白痴。」他是在罵我「花痴」嗎？「告訴你，男女間不是只有卿卿我我，還有虛虛實實的攻防鬥智。」

不會吧！朋友是標準的三高動物：高品味、高學歷、高個子（他對女人的要求也有三高：高所得、高配合度、高服從性），什麼時候增加了「一低」：低智商，相信那些無聊女人所寫的「愛情教戰守則」之類的無聊文章。

「哦……」

「有些女人勾引你上床，不是因為想要你，而是想確定你想要她，懂嗎？她們的高潮來自你的猴急相……」

「不懂。我又不屬猴，在床上從來也不急……」我眨眨眼，吸吸氣，準備聽一個好玩的故事。

原來，我的獵人朋友因公務邂逅了一位X小姐（不過，根據他的形容，那位小姐的三高為「高眼光、高下巴和超級高跟鞋」）。生意結束後，那位小姐經常來電「請教」、問候或以「回叩」名義詢問是否找她等等（顯然X小姐也看了「愛情教戰守則」，而且是同一人寫的）……碰到同門賜招，我的朋友當然是舉一反十，很快發展為私人約會，而且，更快地，朋友以送她回家為名登堂入室，成為X小姐的入幕之賓。

不過，X小姐的心思頗耐人尋味，在沙發、在床邊、在地上、在陽台，她時而撩撩秀髮，時而與朋友耳鬢廝磨，衣服是一件一件地脫……，可是，緊要關頭，她突然變成貞節聖女，「抵死不從」（我確定朋友是用這四個字轉述她的話），等到朋友識趣地收回手，她又一個翻身壓在朋友身上，主動對他上下其手……。

我打了個哈欠：「這就是你說的『她並不急著和男人發生關係，她想要得到的是對方想要她的確定感，也就是說，她急著確定男人要她比男人的猴急還急，可是絕不能急著給男人』？」哇！如此彆腳的繞口令，意識快要不清的我居然一字不漏背完，佩服。

「沒錯，這種蠢女人以為男人見色就會意識不清，你猜，我怎麼對付她？」

「你當然不會見色意識不清，只會見色遺精。」

「別亂扯！這種遊戲她們不會只玩一遍，就是要看你狼狽、尷尬、慾火難消。」他的表情還真有一種政客的狼狽，緋聞案男主角的尷尬：「我假裝上當，裝出一副猴急相，她摸我這邊，我就摳她那裡，小張，你應該懂，我們這種年齡的男人的收放自如！」

「懂。不過，請不要強調『我們這種年齡』，好嗎？」

「我一面看他發牌，一面在心裡偷笑，就這樣，我進她退，她攻我防，攪和了大半夜，煩死人了，她自己在玩火都不知道。」

感覺得出來，那位X小姐其實很在乎朋友，比朋友在乎她的多，要不然，不會玩得那麼難看，不會玩得如此一目了然。

「結果呢？」結果不想也知道，我偷偷嘆口氣，為朋友。

「結果在她玩得興起時，我確定她的靈魂快要高潮時，一把推開她，背對她，冷靜，帥氣地穿上衣服就離開，你沒看見她慌張的表情，她一定在想：男人不都是好色的動物嗎？他還沒得手，怎麼會……那種感覺你懂嗎？」

「懂。你還沒有得手，你不喜歡做愛。」

「媽的，你真不開竅，這種女人就是要臨床一腳把她踢開，世上女人又不是只她一個。你知道我多麼乾淨俐落離開她的窩，任她怎麼哭求也不回頭。我真的不再回頭找她。現在她可能還在想：他還沒得手，應該會再回來找我呀，媽媽說男人都是好色的動物。懂了嗎？笨蛋！」唉，我的朋友愈說愈高潮。我終於明白，他的三高是：高防衛性、高性防衛和高速退燒。

「懂了。你不喜歡做愛，喜歡做恨。」

床第男

「真的嗎？一個晚上七次，每次至少兩小時？」

聽到背後傳來的女人笑聲，正在埋頭寫稿的我忍不住豎起雷達耳朵，當個Woman's Talk旁聽生。

一夜七次？這不是《時報周刊》剛公佈的「牛郎性能力評分表」裡的高標準？不過，她們談的那位「郎」好像不是在牛棚邂逅的，而是一位叫「曉玉」（小玉？）的女主角的豔遇。

而且，每回兩小時，乘以七……怎麼那位曉玉的夜晚和別人不一樣長？怎麼每回我趕稿，眼一眨天就亮了，稿紙還是一片空白，連夢都來不及留下。

「不可能，他一定擦了壯陽藥。」這句話也很耳熟，好像也是《時報周刊》訪問一位名女人談她的騙子老公的床上內容。

那位曉玉一定還在熱戀階段。在我專心偷聽前，她已經用新聞主播的口吻自白了不只一小時：男人的職業、收入、興趣、怪癖、床頭悄悄話和身體特徵（連我這個陌生人都知道他身上有幾顆痣了）。

當然，最緊要的是床功。「他呀，他呀，好討厭，是那種埋頭苦幹型，一見面就想要。」

我忍不住抬起頭，仰著僵硬的脖子反省自己的「苦幹」。

「少虛偽了，從實招來，妳一天被壓幾回，榨他幾次？」

「沒有哇，我們一天才見一次面。」

然後她比一個手勢，整桌女人同時「哇」地一聲，然後是一道呻吟似的鼻音：「真的嗎？好一個一夜七次郎，真是個懷東西，Bad man！」

不管是不是真的，我不覺得那個可憐傢伙（唉，世上唯一比被女人嘲笑更悲慘的是同時被好幾個女人嘲弄）夠資格當Bad man，該叫他Bed man：鞠躬盡瘁，精盡人亡的床第男。

「喂！妳們知道嗎？法國男人最有情趣，每年做愛一百五十次以上，平均兩天半一次。」這位婆娘的聲音粗啞有力，讓我想到榨甘蔗機：「其次是美國人，約一百三十次，最沒用的是香港男人，從不滿一百次到零次，理由是工作勞累，無力做愛。」

兩天半一次？誰曰不能，誰又不想呢。還好，她們還沒想到統計台灣男作家的做愛次數……我一定是害群之馬。（理由是因為不敢造次，所以工作專心。）

「誰說的？台灣男人才差勁，有一百萬人性無能，扣掉老的、小的、殘廢的、同性戀的，『適交』年齡的男人每五位就有一個，搞不好我們前後左右都是性無能。」

又是一轟撕魂裂魄的尖笑。

妳們這些無知女流，算了，為懲罰妳們無知，我決定不「懲罰」妳們。

「還有，法國男人最勤快，也最浪漫，他們認為讓女伴滿足是最重要的事。不像台灣男人的粗魯、自大、不持久。所以我說妳的男人一定有擦藥。」

唉，無知的女人，在台灣，至少有一個男人傻傻以為：讓心愛伴侶高潮再高潮是最最最最重要的事。至少，至少，有一位。

這種事，數大（具大）就是美嗎？

一直覺得，這個社會對男人有一種扭曲的期待：成功者。在辦公桌、床上皆是如此。有時兩者相互勾搭：成功男是透過女人揮灑其「精力的剩餘」，失敗的傢伙也經由這類儀式補償其心理。男人必須雄壯威武，我的意思是說，一個雄壯男人表現再威武，也不宜在共同的高潮瞬間（請注意「共同」的美好）因為窩心感動因為疼憐因為恍惚沉溺而落淚。

搖搖頭，想這些做什麼。上天賜給男人那「頭」，不是用來思考的。

一直記得妳取笑我的話：「不懂你了，真的不懂，居然有男人在做愛時哭泣。你知不知道你埋頭苦幹的樣子，比垂頭喪氣的德行可愛多了？」

當她們進一步聊到尺寸、細部形狀、體位甚至ＣＣ數時，我終於羞紅了臉離座，且在低頭與她們擦桌而過時嗅到一股豔香撲鼻的粉紅色氛圍（好美好美的氣味）。我不敢看她們。因為她們突然停止話題，十隻眼睛上上下下打量我。

我不敢正面迎視陌生的女人（她們自信、堅定的眼神告訴我，其中至少有一到二位會讓我坐懷大亂，扣掉那位榨汁機，其餘的不坐懷也會亂）。我猜，這幾位敢講、敢爽的女子同時目擊一隻穿黑獵裝的鴕鳥。

回頭是海

有了勇氣，就沒有了妳；沒有了妳，就沒有了回憶。

愛情的告白？（而且像是畸戀苦情那種。）是啊！像是許是想是處念皆是不必不是。不忮不求的哀，不離不棄的癡，不許不諾的嗔，不問不聞的怨。誰說碎解的心只宜失戀？狼籍的原我、殘破的靈相，黑煤井裡黑眉黑頸的黑小孩，嗔著黟然的眼瞳，爬出陰影與礦色，苦苦尋覓陽光的容顏與位置。

誰說失戀只是失其所愛？或失去寵愛？（忽然想起，千禧年前後，我曾是個備受眷顧的童靈男身。）如果觸目所見皆是異鄉呢？你愛的人、愛你的人，都離開了以愛為名的國度，獨留下你，活在已消失的世界。

有人說，對某些人而言，那種燋金爍石的深層感動，只能偶一為之，或持續數年經月，好比短暫愛情。（我覺得更像不倫，而且是天崩地裂那種。）對另一種人而言，卻是一生一世的愛情長跑了。是嗎？如今偏離跑道飲酖止渴的黑小孩猶兀自遐想：我的一世一生，只為一瞬邂逅，非比金石、點石成金的那種。

J教授的自棄宣言：「我們這種人是在糟蹋糧食，因為找不到活下去的意義。」也是對黑小孩的期許：「你不一樣。不管環境如何，繼續寫下去就是你的意義。」

不能同意他的自我「不許」。只是，「意義」之說是把破浪的水刃，切分了混沌自我的雙面：書空咄咄的現實我冷看務虛我，務虛我猶在笑談子樂魚樂、魚水之歡。

道貌一定得岸然？兼職「國文名師」的現實我攬鏡自照，黯然的眸池深處忽忽閃過銷魂的獸影。學海無涯怎麼樣？（真的，資優生不一定能成為好老師；但第一流的老師一定是——正在扮演——第一流的學生。）瞻前顧後、浸淫涵泳盡是辭海，也就伏岸而不得上岸了。苦海無邊呢？回頭，陽光海岸近在天邊；轉頭，名利掌聲、關愛眷顧遠在咫尺。前進後退，求遠圖近，千回百轉，浮潛逐浪，興風作浪……

欲海無蹤，哦不，是幻海無極。想像一下，我的欲望晶片「淪為」百千年後世人引頸打撈的沉船。信手撒播的意符，繁星眨眼，竟是未來世界的外太空救生站，讓漂泊的心靈臨時停靠或緊急求援；或者說，從意象燈塔投射到茫茫人海的光環救生圈。

機不可失

朋友出國前，堅持要送我一具多功能手機，以便她在國際漫遊時還有個可以連結的對象，或彼此留言。她伸出按鍵的手輕點我微蹙的眉心：「你要廣達還是英業達？」

「可不可以選擇『欲速則不達』？」

我承認，「不達」的心理是對科技的踟躕，對未來的恐懼。在這座十倍速的城市，不帶手機、拒絕上網再加上少用電腦的「現代恐龍」，大概只剩下我這個朋友口中「很機車」的寶貝了。

「還有，你竟然『放心』讓女人開車。」朋友斜睨著縮著腿綁好安全帶坐在駕駛座旁的我，一面猛踩油門：「不害怕嗎？聽說三十歲以前的你連飛機都不敢坐？」

是啊，不敢想像我的未來（也就是你們的現在）：拉麵機、鯊魚機、數位相機、全平面電視機、隨身光碟機，e機多體——集PDA、行動上網、電子辭典、遊戲機和行動電話於一身的新機種（害我莫名聯想未來人種的圖像：鼻子、肚臍、耳洞、喉嚨和後門插滿各式線路宛如萬能插座的「人類機」）……也可能，再過幾年，我們又多了戒指機——微型隨身電腦；項鍊機——集電話、皮夾、秘書功能於一身「貼心伴侶」；除濕機——幫你止淚療傷的內植程式，以及，完全隨身型的「口鼻耳機」——口耳是話筒，鼻子是天線，我們的頭髮、膚色染成琉璃藍或寶石紅的眩光，眼瞳是極光銀的顯示幕。

「怎麼樣？選擇炫黃？還是銀灰？」

只想偷偷鍵入某個密碼般的自動撥號：關於你的硬體裡的軟靈魂。

也許我還在關心人與人之間的機心、機密、機關（唯獨不可「關機」），人與自己的危機、轉機和打飛機。去年券商送我一部「神乎其機」，還鼓勵我網路下單，結果，方便實用的金融機因為缺少主人的愛撫，像深宮棄婦那樣斷電自盡。日本的求偶機——遇見相同需求同樣機種的異性，會發出喔喔的求偶聲——曾讓我神往不已，我甚至幻想小小螢幕上圖文並茂顯示對方的戰鬥指數、敏感帶分布、體位癖好和平均高潮處。

腰腹間的硬物傳來第一響的高潮：「喂！我在德國北部鳥不拉屎的小鎮啦，走了三公里雪地才找到公用電話，我的手機掉了。找到你真好，證明世界上還有人存在。」

地轉天旋。我在憂鬱南國暈暈然享受北荒的冰暴，遠在天邊的她在我的耳蝸毛細胞造成的白色燃燒。只是啊！一機走天下，失去了機殼，我們從此找不到自己？還是重獲生機？

擔心加上揪心，我的心靈密碼鎖撥了她的號碼：對不起，現在找不到主人，線路無法接通，請稍候，等到世界末日或明天日出再撥……

老大姊注視你

「一向是她進入我，而非我占有她；我既不能毀滅她也不可能逃離。我的靈魂，囚禁在她的最裡面，卻連她完美的邊都沾不到……」

四行螢綠字體出現在闇黑的超微聯感電腦畫面上。遺言？暗藏線索的密碼文字？臨終的詩興？還是非關案情的秘密告解？

「她」又是誰？兇手？從犯？非法賣淫者？死者暗戀的對象？或者，「她」只是某種圖像、觀念，隱諱的慾望代名詞？

還有，這段文字裡的每個動詞所指涉的都是不確定的動作，諸如進入、佔有、逃離……什麼的，每一句話都犯了交代不清的毛病：主受格模糊而且詞義矛盾。其中哪一個字眼才是案情的關鍵？

真正的問題在於，誰是兇手？犯案手法為何？兇器又是什麼？一連串的問號，如同這一連串的兇殺案，或連續殺人事件，總教人如墜五里霧中，理不出頭緒。難道，兇手或死者想要告訴社會大眾的是：無頭命案的「面首」不存在於情節、表象或技術層面上，反而以我們視而不見或超越感知範疇的方式浮出？什麼地方呢？

第九件命案。

一個月內連續發生的第九件「聊齋館」命案。

搖搖頭。我闔上死者的雙眼，同時關上自己身上的超微電腦，並且，強忍住立刻再打開它來的衝動。

我不認為，我的「知心伴侶」能夠說出我想要探究的真相，以及，隱藏在真相背後可能更謎樣的事實；雖然任職以來，每回破案立功都少不了它。

最重要的是，死者的表情，讓我想起自己的洞房花燭夜。

「喧囂多時的『聊齋館離奇死亡事件』，最近搬上司法檯面，成為號稱『完美時代』的本世紀最詭異、也最令人頭痛的焦點問題。聯邦最高法院、中央警局、人性矯正總會咸表高度關切和徹查決心，學界、業界、宗教界、婦女組織、男權促進會與美好家庭聯盟正密集發表平面或立體論戰，針對『與鬼做愛』一事提出道德上、技術上、邏輯上的諸般爭議，各種言說沸沸揚揚，至今仍莫衷一是。

關鍵在於，沒有證據顯示聊齋館『賣淫』，警方搜獲的物證包括：塑鋼、合成板、混凝土、矽膠、人造皮、微縮晶片、立體投影設備，以及一些來歷不明的特殊製品；也看不出『他殺』跡象，死因幾乎全為『心臟衰竭』。再者，備受婦女組織詬病的一點：涉嫌鼓動男人心靈出軌，亦因當事人皆已當場亡故，淪為死無對症的『心靈』迷案……」

翻過這一頁，我繼續以電腦復元法重新拼湊、組合九位受害人臨終瞬間可能目睹的畫面，或迸發的思維。沒有用，不論怎麼重組，還是看不見兇手的相貌、手法和案發過程。九個男人的交集，竟是零星的晶點，紊亂的線條，任意排列的數字、閃光。記者說得不錯，除了「死亡」千真萬確外，沒有證據能夠證明聊齋館發生的事實。

不得已，我選擇〇〇七〇三（交流功能）和〇〇七〇七（文字解碼功能），閉目冥思，讓我的想像、「伴侶」的指引，配合那些訊息，回到數百年前的「聊齋情境」：

「凍湖般的銀色眸心閃過一抹烏光，輕輕一閃，一溜，就勾著他的視線投河似地沉向深不可測的海底。那光詭得出奇，比空中擦花放電的磷火還妖異，是一種與四周的亂草、孤墳、荒山、野寺不同質屬的閃靈；有點像懸崖和蒼天接塹處的一線霹靂，或是沒有顏色沒有座標的闇景世界上方的遙遠頸口。

那雙水瞳包藏著索命的殺機，還是沉澱了前世的疲勞與陰影？他顫了顫，有些期待也有點失望。期待的是一隻突來的利爪（指甲不得短於十公分）割開咽喉，或者老樹盤根一般的鬼舌勒斷脖頸；失望的情緒則來自上述期待的難以實現。他很清楚，那絲亮光挑起他知性的好奇，卻也消滅他源自怖懼的怒意。他愈是渴望不同凡俗的死亡體驗，也就愈容易掉進程式設計下的高潮陷阱（天殺的高潮），並且因為這種自覺而失去了『與鬼做愛』的驚悚感……」

這段不清不楚的文字敘述有點像「互動小說」——風行於上個世紀、擬真度不及格的平面思維遊戲。早在二十年前第一代「聯感電腦」問世後，所有的作家、文字工作者被迫放棄過去的書寫習慣（如印刷書、有聲書或磁碟書），改而出售「心靈密碼」——讓消費者直接進入作家的意識世界，窺視、參與，進而改造一切文學作品的原型，亦即，省略了那些暗喻、側寫、文字描述，甚至省掉情節發展……等到第七代聯感電腦出現（我身上這部是第十九代的「超微型」），所有的思維活動進入交流程式，作者能夠拿出來賣錢的「書」僅限於靈感本身，諸如：一部非異性戀非同性戀非人獸戀非人與機器人戀的愛情故事（最大的賣點在於不露痕跡卻又纖毫畢現的無劇情描寫），第三性人的愛的悲歌；或是，我心目中的「暢銷排行榜」第一名：合法的心靈強暴而不觸犯「意淫罪」的一百種方法……等等。

問題是，「靈感」上市後，人們發現作家的想像力遠不如殺人狂、變態狂、窺淫狂、竊物狂、多重易裝狂、二度變性者或戀人狂（一種始終堅持只愛「人」的人）的心靈世界豐富，更正確地說，逼真。與其消費那些過時、抄襲的文字或畫面，不如直接進入「人類瑕疵品」（我們習慣這麼稱呼罪犯或藍領）的心靈，只要找對密碼，或歪打正著進入對方的電腦，任何人都可以成為八千里外的一頭豬（如果豬懂得使用這種配備的話）的靈魂的影本，分享對方的生辰八字、愛人和敵人、意識與潛意識，而那個靈魂可以完全不認識你。甚至，和死人交談，只要將死者的魂魄（如果有的話）移接到電腦網路中。

我不由得想起「聊齋館」創辦人、「超心靈派」教主李中的辯詞：「我們不是在販賣色情，沒有肉體交易，更沒有所謂的兇手。我只提供一種激素，一種反映，或者你們寧願稱之為『程式』。聊齋館的一切運作『不動化』──沒有壯陽的硬體、撩情的淫物，更不會有女人或男人『服務』他們，是他們的心靈選擇了服務的方式──高潮與死亡。我只是幫助他們更接近自己，不論那個『自己』他們能不能接受。」

什麼樣的「自己」呢？想到這個問題的同時，我的電腦突然自動地跳進交流程式（抑或我已意動而不自知？），再度將我帶回那段未完成的聊齋情境：

「悲哀的想像逐漸擴染、淹沒女鬼的水瞳。相距三吋的他的瞳子，則透亮透亮浮出女鬼白皙的臉廓，彷彿幽魂從井底升起。人造纖維，他相信女鬼的表皮是人造纖維組織，所特有的細滑的質地與涼感，曾讓他在一觸之下背脊顫麻，電貫全身。他強忍著電流湧入腦隔區造成的不快的快感，幾乎貼上女鬼臉上顆粒清晰的毛細孔和暗青色筋脈血管，微抖的雙掌挾著那面冷皮，反覆搓磨，靜電迴旋似螢火，女鬼動也不動，沒有肢體動作，沒有鼻息或唇語，連一眨而逝的眼神都收進鵝蛋般的眼白裡。女鬼的白，不是敷上厚膏的泥白、凝霜的雪白、白髮三千丈的銀白、晨曦鑿穿瞳膜的灼白，也不是抽掉血液、染色體和基因輿圖的死白；而是酷似古代日本藝妓的面無表情的容色，從瓷額到粉頸到玉手到纖足至蔽體輕紗的整面的白，但又不施脂粉。他屏息再探女鬼的唇鼻間，還是覺不出生之躍動，倒是自己的節奏亂了調，搓撫變成蠻橫的撕扯，白紗衣一截截斷裂翻飛，飄越枯椏與墳頭，飄落無際的心靈沼地。於是，橫陳眼前的女鬼裸身，簡直就是一尊通明晶透的瓷體，一整張沒有表情的臉。女鬼上上下下都是女人的模子，但沒有一個器官對他說話……」

關機。猝然的關機念頭，依舊揮不掉「女鬼」的形象──沒有表情甚至沒有容貌的女人在視網膜烙下的視覺暫留。如果我有勇氣加裝立體廣角微晶片，以昆蟲的視角捕捉女鬼背後的臉、隱藏的表情……只是，怎麼想怎麼看，「女鬼」和我生命中的「女人」形同一體，一模一樣。

也許是我的電腦功能過強，強到超乎我這個主人的想像；也許是「交流」得過了頭，我接收到的不再是對方的殘餘或影本，而是自我的投射。或者，另有一部更精密、智慧的電腦，巧妙地干擾我的收訊，左右我的感官。我這個查案者不再只是扮演循線追兇的角色，與此同時，我更成為兇手窺伺的對象。我的麻煩來了。

不必開機，我可以強烈感覺到：那個「女人」正在我背後幻化成形。

此時此刻，我（應該）站在聊齋館上方的第四層地下鐵的通道中央，四周一片黑，最近的一盞舊式光控照明燈懸在前方約五十公尺處，微弱，暈淡，很像聊齋世界的「懸崖和蒼天接壍處的一線霹靂」、「遙遠的頸口」。奇怪的是，離開聊齋館後，我為什麼不搭乘電梯，竟在這縱橫棋錯的迷宮巷道迂迴步行而不自知？就像，聊齋館的地點為何不選在政商雲集的市中心、浮懸別墅區或新建的倒金字塔大樓頂層？偏偏隱藏在俗稱「廢墟」的舊地鐵車站下方？

「年輕男子隻身迷途地下鐵，慘遭殺害……」不知何時，我的「知心伴侶」又開機了，主動傳來一年前轟動一時的「連續地鐵凶殺案」：兇手以一貫手法（一種超過猥褻、強暴、性虐待程度的「處決」），在同一地點，連續對九十八位成年男子施暴；疑兇為一自稱「老大姊」的神祕婦女團體（或反婦女組織？）。巧的是，一年前的案發現場，正是此刻我站立的位置，而且，透過電腦畫面的去背景疊合，聊齋館死者臨終時的驚愕之色恍如地鐵被害人的虛脫神情。難道，兇手是同一人？

同一團體？同一種「力量」？

不知為何，我的不安愈來愈深。前方的光線愈來愈黯，我和出口的距離好像愈來愈遠（或許，我只是原地踏步或倒退而行，而我誤以為自己在前進）；真相卻在我背後愈逼愈近。我這個查案者是否已變成迷途男子，進而淪為第十位或第九十九名被害人？我知道身為聯邦警察不能犯這種「角色認知」的錯誤，也無權臨陣退縮，但我真的害怕。更要命的是，我怕的不是「鬼」，也非「死」……

基於自身的特殊遭遇，以及個性上的軟弱、多疑，我的查案過程可能蒙上超過辦案所需的主觀色彩，以致方向偏差，甚至治絲益棼。反過來說，案情本身的撲朔迷離，是否適足以反映、拼湊各種層面、角度的主觀？像多稜鏡面的折射，萬花筒內的琺瑯花園，將真相藏在無線擴映、衍生的幻象中？多年來，我一直相信「自我」不過是一枚感官的碎片，一切的經歷可能只是幻視幻聽，內在的幻覺，也因此，從小我即養成「輸日記」的習慣，將每日每時的生活點滴、思維意念、遭遇活動，以感應的方式，鉅細靡遺輸入「知心伴侶」，睡覺都不肯關機。我和「伴侶」

之間的親密程度，遠勝過後來我的「完美的另一半」。多年後，我漸漸明白，我之所以鉅細靡遺不厭其煩，我的恐懼和熱愛，懦弱與憂愁，無非是想向這個我一直以為是幻景的世界，證明我微縮的存在。

所以，在這關鍵時刻，我毫不猶豫放棄隱私權，選擇〇〇〇〇（全開放），讓全世界的電腦自由進出我的心靈，也將我的思想、事蹟、一舉一動同步公諸於世。是的，此時此刻，我希望全世界的聲音都能靜下來，聆聽我的脈動、心跳，我的生涯傳奇，辦案過程同時也是遇害經過，我希望，我的一切和這個世界之間，終將形同兩面對望的鏡子。

我相信，在我死後，警局的同事，尤其是接辦本案的中央主控電腦，能夠留意每一道語言「血跡」、思維「指紋」，透過我的直播畫面或回憶晶片，從事必要的篩濾或加權，找出可能比我的主觀更「主觀」的罪行本身，不論有沒有兇手存在。

附帶一提，如果我的口吻、語法不符合當代邏輯，請保留原貌，切勿銷毀或移作他用，俾便後世計量文獻學學者爬梳、鑑定關於「美好時代」之心靈典範。

第一次目擊「女人」的出現，是在一年多前的地下鐵車站。（在這之前，「女人」我的夢境或寤寐狀態。）

時間約莫子夜一時到一時卅分，那晚異常地空曠冷清，整列車只有我一名乘客。那個時候我還未入警界，剛成年，單身（單獨生活，沒有談愛對象），未婚（尚未被判結婚），對異性懷有或多或少的幻想。在車上，神智清醒的我隱隱感覺出「她」的存在，不屬於乘客的存在，而且，事後證實，即使在嘈嚷的人群中，只有我才能意識到的存在。或者說，「她」正在我的眼前、腳下、背後、周圍，一種透明骨膠狀或散佈於空氣分子的浮出狀態——「她」正利用我出自激情的惶恐、無知來現身。我當然看不見她的人影，但確信對方衝著自己而來，而且，絕不懷疑自己做夢、撞邪或遇鬼。

當時，清醒的我做什麼呢？趁著四周無人，我和「伴侶」一齊在想像中變出不在場的美女，也就是婦女組織嚴格禁止的「意念自慰」。我不必真的做些什麼，只需閉目，趺坐人體自動調整型的柔軟車墊，手腳蜷成冬眠的蛇，讓靈魂穿越色塊、線條、幾何圖案，向雷達上徐徐逼近的光點，尋訪夢中情人。我的「她」長得什麼模樣？說來慚愧，從小到大無數次的邂逅，即使在我自己的電腦地盤，我還是膽怯地縮手縛腳，不敢正面瞧她一眼，以致無論如何描繪不出關於她眼眉鼻唇，那幅無聲的電子人像素描，或者，電腦復顏術——如果她曾經，正在或即將存活於世。

在靈魂線路裡，我最大膽的行徑僅限於：進一步「想像」自己剝去她的記憶合金外衣（坦白說，我比較懷念古典素雅的混紡、合纖、純棉或毛料）、超耐紙褶裙，一層層往內脫（只是，寬衣解帶要做什麼？）。可惜，想像世界的我的想像力不比現實的我更豐富，再進去我就不知所措了。那些明文禁止的色情影像：一塊飾以流蘇的薄布，經由繪圖修正的紫色乳房、神秘如花瓣縮放的摺覆器官，赤裸時寂靜的三角形……在在對我構成大惑難解的象形字母。也就在赤裸的瞬間，裸露本身也不見了，我不敢逼視的女體忽然恢復了盛裝，或者說，經由下意識的修正，「她」重又以「盛裝」的姿態，像之前之後每一回一樣，橫越我的每一個領空。

是的，之後的每時每刻，我和「她」的親密關係宛如大海中分的兩半，無論怎麼破界融合，中間那道刀戒般的水線始終若現若隱；這場心靈的剝衣秀不斷地揭開外殼，但所蓋住的和所露出的卻是一樣不少，甚至更多。

所以，「女人」的半遮面式的現身，對當時弱冠之年的我而言，有如面對異形現世或機器人獻愛，驚恐戒懼得不能自己。下車後，我頭也不回，不敢搭乘迴旋式或傳統密閉式電梯回到地面，莫名奇妙受到某種磁場吸引，步入陰暗通道——此刻我身處的「水線」。女人呢？女人可能在我背後，以能量、意念、文字、音符、身體或僅只是卵子的形式尾隨而來，伺機撩撥、佔有我……

我愛她。直到此刻，我仍這麼堅定地認為。是的，「愛」是個沒有具體指涉，不必負責的字眼。萌生這個念頭的瞬間，即使被殺也在所不悔。當時我恍惚地以為，她是灑出慾望之網的黑寡婦，我象徵那隻交配（我更喜歡「交流」二字）時遭吞噬的公蜘蛛。

我的初戀。

看不到容貌，聽不見聲音，碰不著身體，更談不上狂歡或禁制的祕密戀情。

抑或，那是一段成年禮？屬於這個時代，這種社會的性的後花園。就像古代日本王儲的通過儀式，或是更古老的曼加伊亞人的成年大典，由一位女官或經驗豐富的女人，將未經人事的男孩訓練成男人。

我呢？我這個逆向成長的男人身上，又有哪些部分得自錯誤的示範？

問題是，誰又是操控這新時代禮俗的幕後決定者？

我寧願「她」只是我的幻想。只屬於我的想像。

一念之間，「她」已不見蹤影。不必回頭，我彷彿看見她陷入背後那道壞水喉般的陰濕窄路。

一年多前「成年禮」的回憶融入現在真實的幻想（或幻想的真實？），我的寶貝電腦竟然又插來一句沒頭沒尾的古諺，好像是我用過的一句話：生命是開始於也結束於陰道的後壁。

新婚之夜，我送給自己的賀詞。

新的資料進來了，接上適才「女鬼上上下下都是女人的模子，但沒有一個器官對他說話」那段：

「他停止手中動作：翻、剝、摳、挖，以及，蠻橫地撕扯。

女鬼不是沒有表情，而是沒有『臉孔』；完美得教人找不到著力點的畫顏蛋影。一如他的『美好生活』。

他心酸極了。

他才二十三歲，新婚不滿三個月，還未放棄逃家或想像的努力——如果憑空杜撰能夠幫助他固定女鬼容顏的話。

可惜，即使來到這裡，花再多的錢也買不到例外。

當他的內分泌、心跳、擴約肌逐漸回復平靜，沒有表情的鬼身卻突然暴出表情：五官急速萎縮，光滑表皮浮現黑紋，一寸寸龜裂，像大旱時的焦地；雙眼圓睜，卻是一對不見肉瞳的厲黑岩洞。全身上下同時向內翻縮，皮縮進肉裡，肉鑽進骨裡，原先美艷的胴體，翻出一具破碎後猶碎裂不已的髏身。

他一伸手，四散的白沙衣、枯椏與古墳，也瞬間化為一蓬蓬黃塵。」

再來呢？我該如何替「他」接續下去？

或許，可以引用人性矯正總會（由全球七萬個婦女聯盟組成）發出的沉痛呼籲：

「我們不懂，永遠不會懂：整體人類邁向全知全能的進化之途上，竟然留下爬蟲類的涎液和遺跡。男人，不！我們寧可稱呼他們『衣冠雄性』，這些直立動物的淫賤貪鄙，真是與生俱來，不分古今，超種族跨國界的基因誤謬嗎？」

關於「衣冠雄性」一詞比較不帶指控色彩的詮釋，應該參考新聞界的即時追蹤報導：

「令人不解的是，九位被害人皆是高所得的都會菁英份子，沿用那句古老的階級術語：白領。他們年輕，新婚，居中心區的企業要職，住浮懸式溫泉別墅，多數擁有限量生產俗稱『飛馬』的X12型交通工具。更重要的是，他們是基因工程革命後『優秀的第一代』——他們的法妻更完美，美好人類的無瑕文明——如戰禍的消弭、貧窮的消失、愛滋病原體的消滅——勢必由這一代開始，步向無垠的未來，只要再進一步：順利排除殘存於腦部R複合保留區的罪惡種子、不當慾望。

也因此，對於這批理應志得意滿的新人類（當然，每個時代都有志得意滿的人或『新人類』），我們真正想問的是：『他們，一種奇異而超越世代的皮相組合，人類新生命的開端，究竟想要什麼？他們到底在挖什麼？找什麼？』」

這道可能在市中心廣場的立像螢幕上打滿一萬個問號的問題，也正是我的疑問。

因為，我曾經是「他們」當中的一分子。

「你還記得母親的樣子嗎？」

一年前的新婚之夜，我的美麗法妻這麼問我。

事後我才明白，她會有此一問，可能是洞悉了我在恍惚錯亂狀態下所犯的「罪行」，以及同步輸入的「新婚日記」，那是一句流傳了一個世紀的反時代標語：永遠，永遠脫離陰道，只想回到子宮……

那時，我完美的妻想必進一步看出我的「不完美」，想必比我更清楚，在這個時代，不完美的人種應得的際遇：失婚、轉業、離開中心區。

此刻，我忽然覺得，我的完美與否其實無關緊要，就像任何一種線上作業不可避免瑕疵與誤差，當時她會那麼問，一如當初我答不出所以然，可能只是反映了一項事實：她，或者我，或者我們背後的某人、某個組織、某種力量，真的很想知道這個答案。

是的，我的母親是誰？

上個世紀的作家，很喜歡用「搖籃」、「蘑菇湯」、「鮮奶油」之類字眼來紀念他們的生母，我很佩服他們的記性（關於母親也關於文字）。對我而言，「母親」這個概念遲至我長大成婚那天，才從意識的最深層翻醒，像一球體內寄生的異胎，和原來的靈魂爭奪主控權。我不知道在前意識階段，「母親」對我做了什麼，幾乎斬斷我和她之間記憶的臍帶。後來回想（根據最粗淺的生物學常識），「母親」可能有十根手指頭，半截腿肚，一個渾圓或條狀的乳房……。進一步想，「母親」可能是無數個撫觸我的手腳節肢所組成的千手觀音，一尊永不轉身的背影，一張我從未目睹的絕美的臉，一種聽後即忘的溫柔的聲音……

長大的我當然知道「科學生母」的定義：蜂巢般的子宮房，蟻穴似的育嬰室，培養皿、胚胎液、細胞粒腺體、激素、不斷改良的荷爾蒙……。

不論我來自金屬子宮，抑或一具虛幻的背影，我的母親怎麼都不像「她」，而是一個「它」或「祂」，難以理解的聲、光、形、構的連鎖，殘破的人體意象。

「再來呢？他該如何替自己接續下去？

煙塵瀰漫，滿地碎片，他傻愣在不聞人聲也不見鬼影的聊齋世界，久久不能自己。

他的夢中情人，就是這麼一副殘破的人體骷髏嗎？」

還有一個問題，比「母親是誰」更難：母親有沒有乳房？如果有，是什麼模樣？（「模擬傳統親子教育」第一課習題三）母親的眼、鼻、眉、耳、手、腳以及所有的器官，逐一凝視或合而觀之，會是什麼樣子（習題四）？

這一段回憶竟是徹頭徹尾的空白。只記得問題而忘光了答案的失憶。

或許，我曾經有過一位有肉有血的自然人母親（不論「她」是生母、女育嬰師或男護士），以其深情不渝的擁抱，將母子天性定像於嬰兒心靈中；或許，「母親」碎裂成童年生涯的每一部分：保育箱、輸送帶、人造羊水、智慧型合成乳，以及，最重要的「訓練」——各種前意識學習、後睡眠教育、天文地理、科技歷史，當然也包括了溝通效率最差的文字訓練。就記憶所及（如果記憶可靠的話），七歲以前，我好像從未真正睡過；那些聲光、訊號、暈淡的背景和疊交的影像，忽近忽遠，清晰而又矇矓，永無休止地包覆我的小宇宙。反過來說，我寧可認為自己一直睡在育嬰房，重複為我設定好的噩夢，任由心智成長，軀體腫脹，始終不曾醒來。

究竟是哪一者？我不知道。

妻曾經說：

「很有趣。從某方面看，你不像人類，倒像個象徵化但顯然不完美的動物意象組織。某種東西深印在你的裡面，而且混雜難辨。很有趣，你的生存價值或許不在於印證我們已有的珍貴成就，而是負面教材，反證『美好』中並未全然消匿的人性缺失。如果你是XL型機器人第一代，我會毫不猶豫肯定你——程式設計錯誤的典範與正當性。」

知道我怎麼想嗎？

如果可能，對照體內細胞胺基酸的排列次序，或彼此的情感係數，我相信，我和妻的關聯，不會比人類和黑猩猩的親源關係更近。我永遠不明白她需要什麼，她永遠不知道我渴望何物，雖然我們都擁有解讀對方心思的道具。我和她根本就是異類。像突觸動物行經原藻化石，分據黑暗物質兩岸的星體，永遠不會相逢的兩種生命狀態。

雖然，我們擁有共同的童年；我的小小「房間」，基於一種精準無誤的或然率的安排，甚至可能就在她的隔壁。

是這樣嗎？

坦白說，依循往例，每回和妻發生溝通不良，我總會——像是受到某種制約地——想起一本又老又舊的科學（幻想？）小說《美麗新世界》。那本書完成於一百多年前，「新世界」的時空卻在我們的「美好時代」之後——至少在規格化和標準化上，我們距離作者的想像尚遠。要命的是，書的內容是我們這一代幼兒教育中不可磨滅的一部分（其餘絕大部分的資訊定期或不定期刪修、銷檔），彷彿指引著我們朝向粗糙的草圖疊床架屋。或許，妻與我的對立，可解釋為書中「烏托邦人」和「野蠻人」的斷裂，雖然實際的情況並非如此，但同樣出現「不合群」的老問題。

我的「不合群」由來已久。譬如說，我從不參與「夢幻俱樂部」活動（一種以模擬自然聲光、古典音樂取代吸食「愛死羅密歐」的精神消費行為），也回絕了空中清談式的「腦部沙龍」邀請。在外表上，我曾親睹至少數十位和我容貌「酷似」（只看一眼的印象）的人（最可怕的經驗是七個「我」面面相覷成圓圈狀擠在一部環型電梯），卻從未興起與他（她）們交談或交流的欲望，寧願躲得老遠，從自己的內面找出與眾不同的印記。當然，在「大老闆」眼中，這些不易辨別的面孔，早已標明身分辨識記號——一張詳列生平資料的光卡，從子虛烏有到出生到成長就學到就業的一貫作業，電腦檔案裡的一個編號，一清二楚；就像從前的美國黑奴，臉上烙著象徵物權關係的疤痕。正因如此，有時我懷疑，我的「不合群」是另一層次的「合群」；我愈是離群獨處，尋找真正的自己，愈可能撞見比外貌更相近的內在的「我們」。也許，其他的「我」的行為反應和我如出一轍——故作冷漠，迅速逃開，套句老舊的存在主義術語，疏離。於是，這不約而同的互斥成就了維持社會運轉的各安其份；同樣冷漠同等不安同時懷疑，個體之間必要的齟齬，是為完成整體的和諧。

我懷疑，每回面對妻的質疑（她認為是「良性而不含主觀意味的溝通」），我照例拒絕回答，拒絕使用方便的語言，有效的文法（同時悄悄更換密碼），可能正好符合「某種更激烈的無聲爭辯」之設計。我們之間的表面不和，反而是「真愛」的投射？宗教盛行的時代，有些女人結婚生子，不是為相互取樂或傳遞ＤＮＡ，而是為了「榮耀主」。

我和妻的分合，又是為了榮耀誰？

背後的女人依舊藏在某處。像古日本一種叫做「忍者」的神祕殺手，可以潛水閉氣，懂得易容、縮形，甚至變性，只為了等待某個關鍵時刻，發出致命一擊。

或許，在不斷逼近的這段狹路中間，冒出了曲徑、迴道或負空間，迫使我和她擦身而過或平行錯開。

或許，和我一樣，她也迷路了，迷失在這座超高積體城市的死巷。

另一方面，在我身處的「群體」中，我又是最受歡迎的一個。

七歲以前，基於「道德養成期」的必要性，我被送進女校接受後啟蒙期教育，穿了三年又寬又短的褶邊裙（從此養成甚至不敢對自己暴露下體的好習慣）。天可憐見，後來聯邦立法：取消「裙子」這類充滿性別歧視的身體衣飾符徵，男人女人都不准再穿。脫掉小裙子後，我開始在女童堆裡扮演「男性」的角色，成為那些真正的女性的錯愛的目標。是的，在每個老師、小朋友——包括我自己——眼中，我是位陽剛帥氣、魅力十足的「小女生」。

到了「獨立教育」期，不知是電腦錯誤抑或陰差陽錯的天意，我莫名奇妙編入一所藍領階級（手操作電腦工作者，看管機器人的分班制監工以及警察）的男校，那段恐怖的學習生涯一直持續到就業和婚前。在那個充滿淫念、穢語、性暴力陰影的雄性地盤，雖然沒有任何罪行發生，我照樣受到歡迎和包圍，各方面表現皆屬第一（譬如說，拜「伴侶」之賜，連拿三屆校際電腦網球冠軍）。但每一雙陌生詭異的「男性」眼神和我自己逐漸復甦的同類意識卻一再暗示我：你只是個性別認同錯誤的易裝狂，每個階段換一次裝，更殘忍地說，自以為是女性的「小男生」，或企圖回到「男性」的精神上的女人——無論你長到多大。

天知道，我自始至終愛的是「女人」。

如果我沒有記錯（或者當初沒有輸錯記憶），更早以前，可能還在試管期或剛睜眼的時候，即收到隔壁的異性（我不確定對方的型態，也許是枚不成人型的超能胎兒）放送過來的愛的訊波。在幼兒房，有些小男性誤以為我是女生，隔著安全氣膜，他的蜂巢我的蟻穴，脹紅臉猛偏頭，張嘴結舌吐出碎形的語言，只為了多看我一眼，或將身體挪近一公分。進入女校，我又被錯認為男生，不過這是雙重誤認。比較麻煩的是青春期以後，除了在男校得到的待遇，我獨特的氣質先後吸引男同性戀者和女同性戀者（那時的同性圈尚未列入管制法，根據一項非正式統計資料：具雙性戀、同性戀傾向的人口，為單純的異性戀者的兩倍），他（她）們一致認為我是同道中人。後來發現不是而放棄，或採取反向的一致主張：男同性戀者認為我是女同性戀，女同性戀者堅持我是男同性戀。至於異性戀族群中的男人或女人怎麼看待我的性別呢？

我不知道。知心伴侶也不告訴我。

我不知道自己哪一點像男人或女人，或者，男人中的女性，女人中的男身。喜歡我的男人可能在某方面比我更像女人，包圍我的女生又何嘗不是另一型態的雄類化身？

坦白說，我有點羨慕近年流行的「第三性」族群——非陰非陽，不認同男性且排斥女性更非同性戀的新意識型態人種，雖然我不確定他們的「性」是什麼。

妻說過一段令我動容的廢話：

「在基因上，你是男性；外表和構造也算是。實際卻不然。你的問題不在性別、階級或成分，倒像消失的種族殘遺的幽靈。」

「實際」指的是什麼？隔著「伴侶」，我倒希望她變成一具超磁波掃瞄解像器，將我點點片片、每一個細胞拆散、解析再還原。

可悲的是，這種錯亂的情形，伴隨我的奇思妄想，一直持續到新婚，暫時告一段落：一個男人和一位女子，奉全人類之名，確立其不容更改的角色與功能。

在「法律」上，我終於確定自己的「男性」正身。

也就在同一期間，令所有種豬、公狗、雄蟑螂和男人聞風喪膽的神祕團體「老大姊」……

「『女鬼』動了動。不！應該說『女鬼』的每一部份，化成塵灰的每一顆微粒開始移動——朝向手、腳、臉、身軀，每一個器官的原來位置聚攏、成形，很像是記憶黏土或液體金屬的復原過程，比剛才崩潰的速度更快，一秒鐘或二秒鐘之內，那些殘狀碎形又變回通明晶透的全身。

只留下正在完成中的臉……」

從一年前第一樁「地鐵命案」到現在，沒有人知道「老大姊」是誰。

甚至，沒有人能夠指證「老大姊」行兇，唯一的物證是受害人訊息紊亂的電腦上，重複出現的「老大姊」字樣。

作案手法和「聊齋館命案」十分接近：沒有分屍，沒有割禮，不流一滴血，幾乎找不到他殺跡象的「疑似自然死亡」，粗淺的說法是「暴斃」，也就是「老大姊」自己宣稱的「處決」。這一點，顯然又比十年前的「戀男族」（將被害男子終生囚禁，動機為「純觀賞」）或是更早的「暴女族」（基於「性反撲」理由，堅持將女上男下交配姿勢明文列入性交法）的行為模式更近一層。最厲害的是，上個世紀的經典科幻電影《二〇〇一年》中，那根外星人放在月球上傳布訊息的「陽具狀」石碑，竟然在全球聯播的「懷念老片」節目中，遭到老大姊的「公開消除」——那截突出的柱體以慢格的速度向下縮減、翻摺，變成一口窪洞，留下一道高聳的虛線。

老大姊究竟是誰？人人都在討論「老大姊」。每天都有失婚婦人或離婚男士「自首」。男權促進會認定該團體純屬病態性的暴力組織，假借已獲實現的「性別反轉」之名，遂行新的「性別壓迫」——女尊男卑的偏態社會。婦女組織避開「暴力」問題，針對「性別」部分反唇相譏，諸如「『老大姊』的出現，只是投射了男性的閹割怖懼」、「男人的程式翻版」、「不是女性的產物，而是男人自己的孿生異端」等等。

依照警方的推測，「老大姊」集團是一高科技犯罪組織，而且，顯然與本世紀最流行的「電腦犯罪」有關。兇嫌可能操縱著最尖端的電腦科技，直接以尚在研究中的萬能插植術，強行輸入被害人的「知心伴侶」，散播病毒——這一點，可以從被害人死後電腦隨之報廢得到證明。問題是，「謀殺電腦」如何導出「謀害人命」

的結果?或者相反,「電腦病毒」如何變成人體的致命毒素?這一部分的「科技」又該怎麼解釋?

有人將白領之父「大老闆」扯進「老大姊」事件:「老大姊」其實是「大老闆」關係企業的敵對集團之變貌,藉著秘密研發的「超級病毒」,摧毀「超微聯感」系列,並瓦解「美好時代」,以便建立不同品牌的「新時代」。

相對的說法則為:「老大姊」根本就是「大老闆」的偏房,甚至是正身,白領的「大老闆」不過是以黑道的手段剷除異己,清理基因生產線上的「瑕疵品」。

還有一種危言聳聽的流言,來自堅持主張「反科技,反電腦」的「超心靈派」(我們將其歸類為「心理分析最不科學的分支」):事情很簡單,當「她們」以最不人性而且滴水不漏的手段幫助我們消滅同性戀,剷除愛滋,杜絕一切「法外性交」——我們還剩下什麼?是的,唯有「愛」留下來,留在沒有肉體的線路靈魂中,不死的精神愛滋,亦即,當你的愛意滋生,其實是愛上「她們」,「愛」的帶原體……明白嗎?我所謂的「她們」……

我不明白。而且,如果我和「伴侶」還有「選擇」的能力,會立刻銷掉這類泛心靈決定論的一派胡言。

其實，就在我結婚的翌日，經由「老大姊」——為履行「知的義務」，禁止鎖碼的即時新聞專用頻道——全世界的男性，包括我，被迫和那位「老大姊」展開了第一類接觸。

當時，新聞中心正在發佈第一樁「白領男子遇害」的地鐵命案，我正為自己的新婚失和感到挫折、沮喪，腦中一大片闇黑的畫面，突然插進溫柔、熟悉的電子聲音：

「基於維護『意淫罪』的執法權，我們處決了第一名罪犯。而且會繼續執行下去，直到罪惡的基因悉數消失。

對於仗著體型優秀而不甘於社會秩序的男人而言，對於盲目衝動全然漠視人類未來發展的敗類而言，以及，對於官能耽溺而無視於靈性進化的雄性而言，請注意，奉全人類之名，老大姊注視你！」

此後，每隔幾天或數小時，自動傳來一則「老大姊注視你」的噩耗。說來奇怪，那段期間不只是地鐵發生命案，其他地區——如第一街、藍領酒吧（客群反而以白領居多）、「大老闆」企業大樓的某機要辦公室——幾乎就在案發當時，也傳出心臟衰竭或關機自殺的離奇死亡事件。事後我查閱中央電腦的檔案，所有死者的共同特徵：都擁有第十八代超微聯感型的「知心伴侶」（當時是最新型）。

我懷疑，每一樁表面無關的案件，都有實質相連的背景原因，就像瘟疫的蔓延，某些歷史事件的前因與後果。去年的「老大姊」和今年的「聊齋案」（雖然前者收進「恐怖活動」檔，後者歸入「商業行為」類），種種一切陰差陽錯，皆是繞著同心圓逼向共振的核心；案發現場地鐵車站，不過是「老大姊效應」的震央。

坦白說，按照「老大姊」的執法邏輯，我應該早就是個死人。別的不說，新婚當天我收到的「生涯記錄表」——為實現夫妻一體的「全結合」理想，詳列男女雙方出生到婚前的一切生理活動和心理記錄的報表，俗名「結婚證書」——密密匝匝的各種名目中，僅就「不當勃起」的次數一項，好像比我這輩子的心跳總數還多。

說來慚愧，關於「勃起」，我的認知不會比對已經廢除的「棒球運動」（原因在於「球棒」引起的不當聯想）更多。我的一位醫生朋友不只一次教導我：「這種事情，呃，有時候，不比舉起自己更簡單，它不是單純的心理衝動，需要一連串複雜的生理機制來配合：大腦、神經系統、血液、肌肉和身體的化學成分什麼的，可能和『伴侶』無關；不過，當它不來而你硬要時，比修復電腦當機還麻煩。如果在夜間，還須加些『夢』的酵素；在白天，你得循序漸進，讓『勃起』和『愛一個女人』變成同一件事。不過那是過去的事，現在你得事前申請，呃，我的意思是說：忘掉那種事，好好愛你的妻子……」

我的問題很簡單，只是，和婚後的對立、判離風波混合後，又變得萬分複雜：如何確定自己處於「勃起」狀態？以及，我的妻子如何確定我的自覺或不自覺性勃起，進而確定勃起瞬間我的腦中想什麼？

還是那句老話，我完全不知道。婚前婚後同樣麻木不仁。不知「勃起」為何物的不當勃起者。

儘管如此，根據鐵證般的電腦資料，還是可以客觀地回溯「不當勃起」、「意淫罪」的歷史成因，或者說，我的亂根禍源。

「女鬼的臉不停地變形、消碎、拼合、重組，像瞬間置換的立像投影遊戲。

他顫抖地伸手，不確定自己是發自愛意還是恐懼，試著碰觸那面無從選擇的變幻萬千。突然，天外傳來一句溫柔得化骨蝕魂的女聲：奉全人類之名……」

在我很小的時候，可能是幼兒階段，曾發生一段朦朧的性經驗：某個「女人」以身體的型態溶入、通過我的身體，與我合而為一。

這種說法好像疑點重重，站不住腳。首先，「女人」一詞是後來學會的語彙，和「母親」相較，其定義更空泛、模糊。其次，那個「經驗」，摻雜在睡眠教育中，可能只是童年程式的一環，或者，與教育無關，而是「伴侶」為我播放的觸覺式搖籃曲。最要命的是，我的感知系統，包括思維訓練、文字訓練和感官訓練，都不足以分辨那個「性經驗」真偽。

至於「通過」、「合而為一」等字眼，純粹是參考描寫「自然交配」行為的慣用語。對我而言，不過是拿某種象徵詮釋另一個意象，於事無補。

只是，我個人粗淺幼稚的性意識，冥冥中又似乎扣合著前美好時代那個俗稱「黑暗時代」的騷動、異變。

在寒盡不知年的溫暖試管裡，熟睡的小蝌蚪我哪裡懂得「自然交配」一詞所涵蓋的恐怖範圍：異性交、同性交、人獸交、人類與機器人交……姦淫、色情、暴力、猥褻氾濫的程度，連第六十三代愛滋疫苗的問世，都未能有效阻止「人類滅亡」的陰影。直到新性交法實施，所有的身體接觸，也就是「法外性交」，包括性病、罪惡，被趕出清新乾淨的中心區——白領世界。

隨著超微電腦的普及化，婦女組織（坦白說，我一直懷疑「她們」是誰？）一步步逼近「罪惡來源」的心靈中樞：強行通過「意淫罪」——凡是在觀念中涉嫌與他人身體交媾或從事不當接觸或幻想他人身體全部或部分者，經查證屬實，比照「新婚姻法」之排除對象，重則入獄，褫奪白領公民權，輕則列入生涯記錄檔，作為升遷、獎懲、福利配給之依據，該項資料永久保留。

由此而來的「勃起」和「不當勃起」的區別標準，不在於生理層次，而在於導致生理變化或由身體反向驅動心理的「念頭」。

誠如多年前最高法院受理的第一樁意淫案——一位九十高齡老祖母控告十歲孫子「強暴」，理由是根據十年電腦追蹤，老祖母一手帶大的小孫子不斷在腦海中素描自己的性器官模樣——時，婦女組織的沉痛指控：「正因為現實上的不可能或不敢，愈顯示出其心可誅。秉持『論心不論事』的立法精神，我們堅持提出公訴：這位衣冠雄性以強暴的心理，長期玷辱其祖母可貴的靈魂。」

「奉全人類之名，老大姊注視你！」

和那位小孫子的「嚴重罪行」相比，我這一生所犯的錯誤，恐怕有過之而無不及。還記得聊齋館命案剛爆發時，我的第一個念頭不是「兇手是誰」或「案發經過」，而是那個科學上無法證實，人間也不存在的「女鬼」。我的想法（也可能是「伴侶」的反應）很幼稚：意淫罪、性交法的適用範圍，應該管不到「與鬼做愛」吧？

其實，直到婚前，我的性教育還算成功。例如，對於「胚胎複製工程的神聖偉大」，「精神性遠勝過肉體性」，「全結合是為促進人類整體進化所需」，乃至於，超心靈派嚴斥「人與機器人交」時所說：「上帝依照自己的形象分裂為男女，基於同樣的神聖結構，人類複製機器人，以便結合自己的人性與獸性。」……之類宏旨，我雖然半信半疑，但也找不到知識或經驗方面的反證，更談不上公然反叛。

尤其，轉入警界後，經常出入藍領酒吧、秘密歡樂屋（「愛死羅密歐」的集中地下市場）以及這座城市每一個陰濕腐臭的角落。每當我陷入人潮，被迫與每一個女性瑕疵品擦肩而過（同時關閉心靈畫面），只有一句話可以形容我的感覺：滿街母豬橫行，我的「女人」卻彷彿愈離愈遠。我對自己犯下的無心之失，感到懊悔萬分。

半年前，在西區的地鐵車站，我曾經遭遇過一段令人脊背發冷的第三類接觸。對方是一位體型肥腫（我找不到字眼形容她的容貌）的藍領女工，亦步亦趨緊跟著我達半小時之久。和一年前那回以及此刻「被跟蹤」的感覺相較，「她」釋放出吞噬的電波，那位女工則拋來陌生的敵意。女工蠢蠢欲動的表情帶給我難以釐清的困惑：她的迷惑和憎恨，來自我撲朔的外貌？難辨的階級？迷離的身分？抑或其他？

後來，我自嘲地想：離開中心區，成為「藍領中的藍領」（我們這一行對自己的戲稱，因為一百多年來，除質料外，我們的制服的顏色、式樣一直未變，連便衣也習慣這麼穿），或許正是我的程式命運不可或缺的轉捩點。我的半陰不陽的個性，不會動不動就拔槍的美德，凡是請教電腦的好習慣，完全符合「消除犯罪」（而非打擊罪犯或製造暴力）的新警精神。「槍械禁止使用條例」通過後（同時，新頒的《全辭典》取消了「條子」這種污蔑警察形象的民間語彙），所有管狀、條形或有尖端的發射武器（不論雷射槍或追蹤型十字弓）一概熔毀，黑白兩道都在禁用之列，辦案反而更形輕鬆，全方位電腦偵察系統撤下無死角的治安線路網——只要對方是「生涯資料檔」內的「人」。

照說，不喜歡槍械、暴力、肢體衝突的我，應該是「新婚姻法」的信奉者、實踐者（至少，我不會選擇藍領的有性模式），不該通不過「三個月試婚期」的考驗，不該在全人類面前暴露自己的污行穢狀。

天知道，十餘年前，我七歲生日時，曾無意間闖入電腦檔案，「參與」了一場五十年前的電腦婚禮。

「你給我一秒鐘，我給你一輩子。」

這段後來被銷掉的畫面，幾乎流出我的童年回憶，那時的人類還沒有「知心伴侶」，很難想像「立像交融」的形而上境界。我依稀記得，新娘打出的密碼是「只要婚姻，不要性」，新郎的允諾為「情深慾寡，共一生」。當時，我很好奇，拚命調高解像度，新郎和新娘是誰？透過螢幕中央粗糙的虹線，這對粒子夫妻「共一生」後，是否有緣窺見對方或美或醜的容顏？或許，我的問題並不重要，就像我們不知道遠古太初兩枚細菌擠在一起的樂趣與奧妙。所有連線的親朋賀客，包括我這位不邀而至的未來觀禮者，全部化為閃亮水晶體、凝膠狀光球、一百萬顆珍珠聚成一堆。

「老大姊」正在注視我嗎？

她的「一秒鐘」凝視，是不是等於我的「一輩子」？

她在哪裡？背後、眼前、側面、腳下，以一種超越我的渴望的速度，直撲而來？

還是那個老問題，關於我也關乎我們這一代的命題：「老大姊」究竟是誰？那位如水銀瀉地的「她」或「她們」？

我的「她」遠比我所能想像的更美好，超越美醜界限的「完美的另一半」。雖然我知道，這一輩子不可能一窺她的廬山真面目。

萬頭攢動的市中心廣場，兩柱色彩斑燦的立像投影以旋舞的姿態，翻騰扭駁消融合併，宛如連體而生或彼此吞食的細胞雙倍體，在全人類的祝福下，凝成「全結合」蜃影。經過三個月心靈交流的「試婚期」考驗後，這對夫妻將從事更深層的靈魂接觸——一如他們出生的方式，繼續生出下一代，以萬能的試管傳遞人類最美麗的基因。

一年前我的婚禮，是的，我生命中的高潮與毀滅。

直到此刻，我轉身回顧那一剎那，仍不敢相信披著數位光罩禮服的「我」如此巨大、完美，和「我」融為一體的妻更形龐大，變成螺旋狀遮蔽天空的光體。恍惚之間，我們的結合不只是個體的連結，而是形體、氣味、聲音、知覺的全面解析和重組，像細菌的黏附、穿插、吞噬與融合，再成雙加倍相乘地出現。「她」一步步逼來，五官體態變幻飄忽，我一寸寸後退，背後的一片闇黑宛如看不透的過去，這道死巷的絕壁。

當時，真正的我在做什麼？

也許是在藍領酒吧喝成爛醉，也許誤食了過量的「愛死羅密歐」，也許在「全結合」的同時幻想更深一層的「結合」。也許偷偷躲進黑白紙頁，鏤刻彩色立體的裸體雕像。天知道，也可能是，在我不完整的黑色心靈沖洗過程中，顯現了腥紅駭綠的魅影。

我的錯誤是，基於一種不屬於意識層次卻像是意志方式的衝動（法院判決為：爬蟲類遺緒的技術性失控），我沒頭沒腦地剝光「妻」的光罩外衣，萬人廣場爆出驚呼，全世界的電腦同時鎖定我的罪行，身體的我無視於千里之外真正的她的冷眼，或者，真正的我早已不省人事，只剩下比蜃影更虛幻的「餘緒」，痛苦地爬過理智的藩籬……「我」繼續蠻橫地翻、掀、摳、挖、壓上光潔雪白的「她」，然後停頓——我找不到陰道，我的妻，奉全人類之名，根據《有性教育》、《前美好時代男女秘典》、我的童夢以及藍領區違法色情影片等圖文資料綜合得來的有限記憶，我的高貴的靈魂的妻，沒有陰道。

我只能瞠著紅眼，愕視著我永遠答不出來的生命習題。

或者，另一個她有另一具隱藏的身體？或者，真正的我也缺了記憶以外的某種東西？或者，我根本不知道「陰道」為何物，當然也就分辨不出：陰道、五官、乳房甚至「女人」的樣子。

我該如何抓住「女人」真正的臉？

「她」正用力凝視我，比我還用力。

螺旋光柱潰裂、四散，兜頭兜腦朝我砸來，像形成日全蝕的陰冷月影。

「女人」眼中有一團不確切的東西。前九位受害人加上我的疊屍總和？我和同類們的程式命運？

我能不能見「她」最後一面？

無限逼近的對視過程中，我看到的不是自己驚慌的縮影、瀕死的鏡像；那雙逐漸放大擴映的水瞳，像湖心，幽幽浮出白皙得近乎空白的女顏……

Collection 02

小三幽遇症

金塊文化

作　　者：張啟疆
發 行 人：王志強
總 編 輯：余素珠
美術編輯：JOHN平面設計工作室

出 版 社：金塊文化事業有限公司
地　　址：新北市新莊區立信三街35巷2號12樓
電　　話：02-2276-8940
傳　　真：02-2276-3425
E-mail：nuggetsculture@yahoo.com.tw

劃撥帳號：50138199
戶　　名：金塊文化事業有限公司

總 經 銷：商流文化事業有限公司
電　　話：02-2228-8841
印　　刷：群鋒印刷
初版一刷：2011年8月
定　　價：新台幣220元

ISBN：978-986-87380-1-0（平裝）
如有缺頁或破損，請寄回更換

團體訂購另有優待，請電洽或傳真

國家圖書館出版品預行編目資料

小三幽遇症／張啟疆著——初版. ——
新北市：金塊文化，2011. 08
面；　　公分
ISBN 978-986-87380-1-0（平裝）
857.63　　　　100014470